EL DIARIO DE UNA ILUSIÓN

Este diario no es mío, es nuestro

EL DIARIO DE UNA ILUSIÓN

nacaridportal@hotmail.com
www.nacaridportal.com

Editorial Déjà Vu, C.A.
J-409173496
@edicionesdejavu
info@dejavuediciones.com / dejavueditorial@gmail.com
dejavuediciones@gmail.com

Autora:
Nacarid Portal - @nacaridportal
www.nacaridportal.com

Jefe Editorial:
Yottlin Arias - @yoi21_
yoi@edicionesdejavu.com / yottli21@gmail.com

Director de Arte:
Jeferson Zambrano - @jffzambrano
jeff@edicionesdejavu.com / jeffproduccion@gmail.com

Directora Comercial:
Andreina Pérez Aristeiguieta
andreina@edicionesdejavu.com

Correctores de texto:
Adriana Bracho / Deilimaris Palmar / Andreina Pérez

Diseño Gráfico y Diagramación:
Jeferson Zambrano

Diseño de Portada:
Elías Mejía - @eliamejianoa - eliasmejianoa@gmail.com

Ilustración:
Zukellogs - @zukellogs / Habiba Green - @habibagreenillustration
Cristhian Sanabria - @chrissbraund / David Azrriel - @davidazrriel / Juan Barrios - @juansketcher
Juan Carlos R. Lamas - @lamas_illustrator

ISBN: 978-980-1979072700
Depósito Legal: MI2017000809

EL DIARIO DE UNA ILUSIÓN

Este diario no es mío, es nuestro

@nacaridportal

Te felicito

Puedes lograrlo

¡Mejórate pronto!

SUPÉRALO y sigue

¡Felicitaciones!

Arriésgate

Mi mundo ERES TÚ

Enfócate

ÁNIMO

¡Hazlo ya!

¡Vuelve a intentarlo!

¡Esfuérzate!

Me equivoqué

Lo siento

Eres INCREÍBLE

APRENDE del error

Lee un libro

Te quiero

Paciencia

SÓLO HAZLO

Te necesito

Eres hermosa

Eres brillante

NUNCA te rindas

ANTES DE EMPEZAR

INSISTO

Es fundamental que llenes este formulario. Si continúas, te adentrarás en un diario lleno de transiciones, cambios, malos y buenos momentos, y mucha verdad.

¿ESTÁS 100% SEGURO?

Pues... ¡BIENVENIDO!

Nombre: Dahiana
Peor defecto: aferrarme a las personas
Mejor virtud: mi simpatía
Mayor sueño: casarme tener hijos
Persona favorita: Jamin
Un deseo: encontrar novio
Un gran amor: Leonel
Teléfono de emergencia: —
Un don especial: el don de la palabra
Trabajo ideal: donde pueda ser feliz
Pasatiempo preferido: ver televisión
Color: rojo
Número de la suerte: 10
Signo: piscis

ME LLAMO NACARID

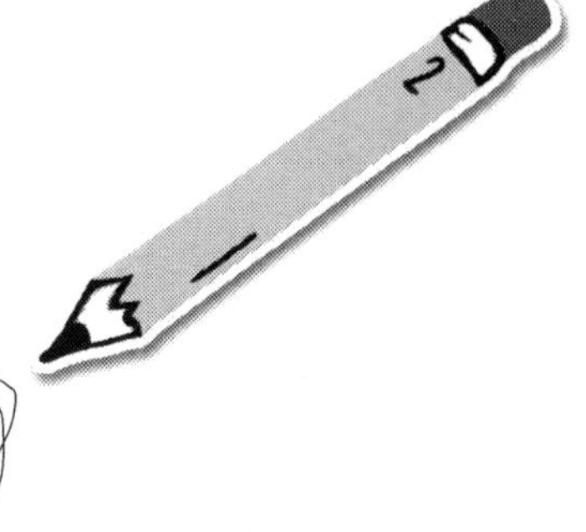

...soy incapaz de levantarme temprano con una sonrisa. Mi mayor virtud es la sinceridad, mi mayor sueño es mejorar el mundo a través del don que me otorgaron (la creatividad). Mi persona favorita es mi madre (aunque ya no es una persona, sino un ángel que me cuida desde el cielo). Mi mayor sueño es volverla a ver. Tengo el deseo de cumplir mi misión de vida, como teléfono de emergencia siempre pongo el número de mi abuela. Mi trabajo ideal es escribir para ustedes, y tengo la enorme dicha, de tenerlo también como pasatiempo. Mis colores favoritos son el rosado y azul pastel. (Sí, soy muy indecisa). Mi número de la suerte es el tres y soy signo acuario.

A partir de ahora acompañaré tus días, me conocerás y te conoceré. Estaremos juntos a través de las letras y si algo tengo claro, es que luego de este año, no seremos los mismos. Es un gusto pasar la página porque con ella, aunque se va una historia... ¡vienen mil más!

RECUERDA

EMPEZAR siempre SERÁ DIFÍCIL, pero si no lo haces, no sabrás lo que es equivocarte con una sonrisa y ser feliz por el recorrido, por los errores y por el éxito.

Éste, es mi tercer libro, más adelante les contaré un poco más sobre él.

Mes de nuevos comienzos, de kilos extras, de ganas de comerte el mundo, de productividad y de creación.

Enero de nuevos comienzos

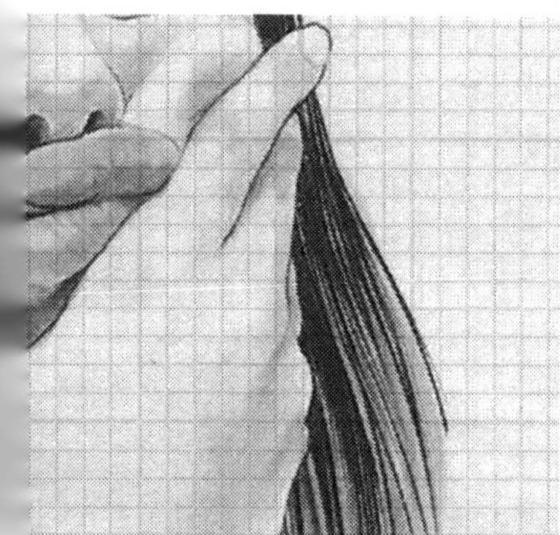

Día 1

Objetivos del Año

1. tonificar mi cuerpo
2. encontrar un nuevo trabajo
3. ser feliz
4. encontrar un [illegible]

Día 2

ASPECTOS que quisieras MEJORAR:

- estresarme mejor
- tener más paz
- esperar menos de las personas
- enfocarme en mi

ESCRIBE: ¿Qué es lo más importante en tu vida?

Lo más importante en mi vida es mi madre

"De tanto estar en el piso, APRENDEMOS a quererlo. Eso posibilita que no tengamos miedo a caernos, porque sabemos, que, aunque al principio duele, SIEMPRE PODREMOS SUPERARLO y levantarnos una vez más".

Día 3

Día 4

Haz una lista con 5 cosas que sepas hacer:

1. bailar
2. escribir
3. Aconsejar
4. hablar
5. leer

"Es IMPORTANTE saber en qué eres bueno, para actuar a través de tus talentos porque son ellos los que te acercarán a tu MISIÓN DE VIDA".

No postergues lo que amas, pues estarás postergando tu felicidad.

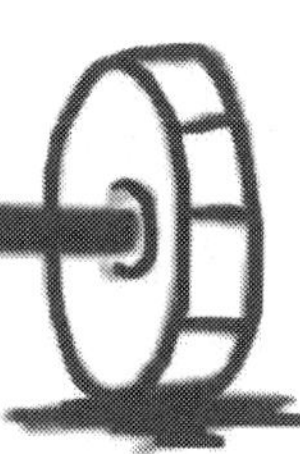

PRIMERA REGLA: No mientas. ALÉJATE de las mentiras, porque, aunque pienses que estás ganando algo, esa mala energía SIEMPRE SERÁ DE PÉRDIDAS.

Día 5

OTRO AÑO galopa sobre nosotros,
sobre AQUELLOS SUEÑOS
que queremos POR INSTANTES,
y que perdemos después.

LA VIDA es de quien se atreve
a cortejarla,
y LA FELICIDAD CONSISTE
en transitar cargado de presente
y no con dolor de cuello
de tanto mirar aquello que se fue.

Día 6

RECUERDA

Hay trabajos que nos acorralan y se convierten en nuestro "POR AHORA", nos conformamos con ellos en lugar de extender nuestras alas y saber decirles ADIÓS.

Enero

"Algunas noches MIS HERIDAS BAILAN y los huecos se expresan revelándome cosas, palabras que transformo en estos escritos con los que te topas de vez en vez. ¿Sabes? ME DA MIEDO DESPEDIRME, pero luego entiendo que estoy atada a personas o situaciones que caducaron, y que sólo si me desato podré ser libre y conseguir nuevas posibilidades".

Día 7

Día 8

No finjas una sonrisa, aprende de tus tristezas.

ÚLTIMAMENTE extraño ALGO,
pero no sé qué es,
es como si mi vida
necesitara un cambio,
o como si yo,
necesitara URGENTEMENTE
de un empujón.

Lo prometido es deuda, acá les dejo un adelanto de lo que podrán encontrar en "Mientras te Olvido".
DISPONIBLE EN AMAZON

ALGUNOS DÍAS no hay sonrisas de COLORES esperando en el mesón, y no es que te levantas con el pie izquierdo; simplemente, te vas arrastrando a través de la apatía.

Día 9

Día 10

Digo, no sé a ustedes, pero por lo menos a mí me pasa que de vez en cuando me encierro, no quiero saber nada del mundo.

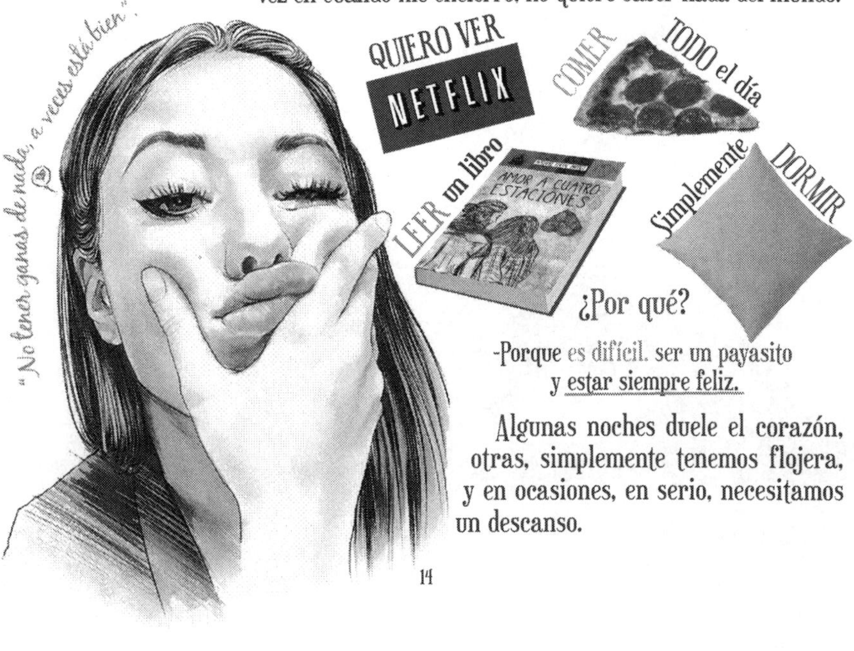

"No tener ganas de nada, a veces está bien".
QUIERO VER
NETFLIX
COMER TODO el día
LEER un libro
AMOR A CUATRO ESTACIONES
Simplemente DORMIR

¿Por qué?

-Porque es difícil, ser un payasito y estar siempre feliz.

Algunas noches duele el corazón, otras, simplemente tenemos flojera, y en ocasiones, en serio, necesitamos un descanso.

Enero

"HAY DÍAS DE MIERDA, momentos en los que quisieras no salir del edredón. Esconderte del mundo y fingir demencia. NO PASA NADA, pero algo si te digo, CUALQUIER MAL DÍA MEJORA con una taza de café".

Día 11

Día 12

¡Sea lo que sea, puedes resolverlo!

Ella es "Lucía" y será parte DE MI NUEVA SAGA "500 veces tu nombre"

Aunque INSISTAS MIL VECES con la persona equivocada, en el fondo, una parte de ti sabe que no te pertenece. ACEPTARLO ES QUERERTE, es seguir adelante en vez de ir tras las sombras de alguien que siempre estará huyendo de ti.

Día 13

Día 14

Se hace costumbre decir que podemos mejorar, que nuestra relación puede salir adelante, que, aunque vamos mal en los estudios podemos arreglarlo. Que, aunque el trabajo es fastidioso, podemos reunir y renunciar.

Es difícil tomar la decisión de irnos, pero al no hacerlo corremos el riesgo de seguir desperdiciando cada segundo, donde no somos felices.

ADVERTENCIA:
NO CAIGAS,
NO VUELVAS
A ESO QUE TANTO
TE HIZO DAÑO.

Enero

A veces nos FALLAN UNA Y OTRA VEZ, pero SEGUIMOS INTENTÁNDOLO. Cuando la principal equivocación está en reincidir en lo que no funciona en vez de superarlo y CONTINUAR.

Día 15

SÓLO NECESITO

Tiempo, silencio, soledad, y que no me llames más

Día 16

Haz una lista de lo que necesitas para sentirte mejor

1.
2.
3.
4.
5.
6.
7.
8.
9.
10.

DECIR ADIÓS es complicado y mucho más cuando te asustan los cambios. Sin embargo, ES NECESARIO que lo hagamos, es necesario EVOLUCIONAR. ¡Es necesario soltar!

Día 17

Día 18

Si no te atreves a empezar el recorrido, ¿Cómo esperas llegar a tu destino?

JUGUEMOS

ENCIERRA en un círculo lo que tienes que soltar:

Ego · Inseguridades · Miedos · Personas

Trabajo · País · Entorno · Adicciones

Conformismo · Envidia · Desconfianza

Celos · Zona de confort · Impuntualidad

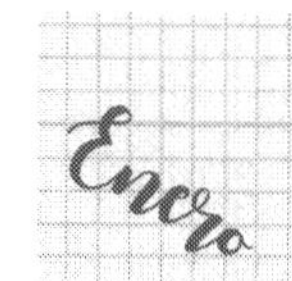

SEÑAL DEL DÍA: Vuelve a comenzar.
Estás muy cerca de LLEGAR AL OBJETIVO.
(ni se te ocurra rendirte).

Día 19

Día 20

ES CIERTO...

Los cambios duelen,

Piérdete de vez en cuando, DESCANSA Y LLORA, duerme un poco más, NO HUYAS de lo que sientes, estar muriendo por dentro, es señal de TRANSFORMACIÓN.

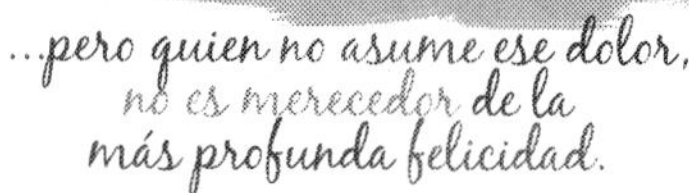

Cuando tenía 21 años perdí a mis padres, se desbarató mi universo y por PRIMERA VEZ tuve ganas de tirar la toalla...

Día 21

Día 22

POSTDATA:

¿Algo que aprendí de esa época caótica?

Que las personas que amas se quedan contigo, aunque se mueran. Y tienes dos opciones:

1. Quedarte en el caos de la ausencia llorando eternamente y siendo un desastre.
2. Hacer magia de tu dolor y conseguirte a ti mismo.

Desde entonces escribo y los tengo presentes, aunque no puedan despertarme con un beso o con el desayuno.

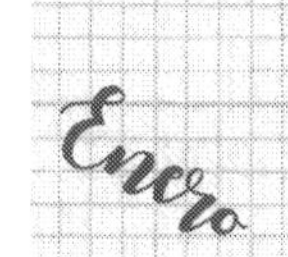

LÉEME cuando necesites CAMBIAR TU VIDA:

Podría decirte que es muy tarde, pero te mentiría. Necesitas renacer, EMPEZAR DE CERO y cambiar tu rutina. Te perdiste en tus vicios, dejaste de valorar lo que tenías y te convertiste en un inconforme. DEJA DE QUEJARTE del presente, mejóralo. ¡Debes tener fuerza de voluntad! No te pospongas ni te encierres en tus desenfrenos. Estás a punto de entrar en una transformación que cambiará por completo tu vida -para mejor-. ¡Hazlo!

Día 23

Día 24

VIVES de lo que no fue y OLVIDAS que TÚ... ...TODAVÍA ERES.

Un poco de mi segundo libro, "Amor a cuatro estaciones".

DISPONIBLE EN AMAZON

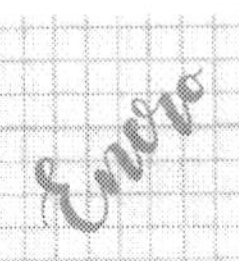

LÉEME después de un MAL DÍA:

LAS CIRCUNSTANCIAS negativas son túneles y los túneles son hermosos una vez que los analizas. Si te desesperas por llegar a la luz, perderás disfrutar el aprendizaje que brinda la oscuridad. DEJA DE PARECER INVENCIBLE, drena y toca fondo (es necesario).

Día 25

Día 26

POSDATA: Hoy te escribo desde un día de mierda y te digo que, si te pasa como a mí, NO INTENTES PARECER FELIZ. ¡Cierra la puerta y escóndete en tu cama!

Enero

Cuando leas esto RECUERDA que no mereces vivir llorando, la persona que te quiere NO DEBERÍA causarte lágrimas ni tristezas, ojalá luego lo lo puedas entender.

Día 27

Día 28

EJERCICIO

¿Cuál fue EL PEOR DÍA de tu vida?

MENSAJE PARA TU INSOMNIO: Hay que tener OBJETIVOS CLAROS, si no los tienes, vives desorientado, se te van los días y no entiendes por qué no te llevan a ningún lado. ES FÁCIL, fíjate metas concretas, objetivos sólidos y una buena estrategia que te permita lograrlos.

Día 29

Día 30

Me pasa que no suelo creerme mis logros. Es como si fuera un sueño y me pregunto, ¿me lo merezco?

Luego entiendo que he trabajado duro, que por algo me están pasando todas estas cosas buenas y que quiero compartir todo lo bonito con otras personas. SENTIRME AFORTUNADA ES COMPLICADO, pero cuando siento que no me lo merezco, me doy cuenta de que sí, que ahora lo que necesito es apoyar al mundo, y hacer que crezcan florecitas hermosas y que a través de mi historia, muchos puedan SER FELICES.

Disfrútalo

TE LO MERECES

Te mereces el éxito que estás teniendo, no lo dudes. ¡Apenas comienza!

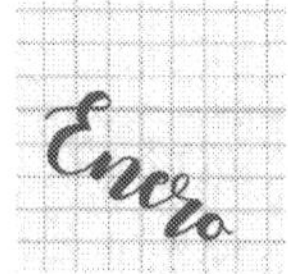

LÉEME cuando no sepas QUÉ HACER:

ERES LA OPORTUNIDAD que tanto estás esperando. Olvídate de lo que ocurrió, deja de pensar en el pasado, apresúrate y CONSIGUE TUS SUEÑOS. Busca soluciones, porque la felicidad está en tus manos y es momento de que reacciones. APÚRATE, enero se fue... el primer mes del año desaparece, y tú... no puedes estancarte, por el contrario, DEBES SEGUIR CRECIENDO.

Día 31

¿Qué lograste este mes?

¿Qué hiciste para alcanzar el objetivo?

¡ACTÚA! SE TRATA DE ESO

*Cada cosa que dejamos de hacer,
se convierte en un sueño frustrado
¿Te ha pasado? Si es así, tienes que saber que,
siempre podrás recuperarlos
y hacerlos realidad*

Febrero de logros personales

¿Hacia dónde van tus logros?

Día 1

¿Cuál es EL PLAN?

1. Saber qué quieres.
2. Tener una estrategia.
3. Trabajar cada día al menos una hora.
4. Reinventarte si el plan no funciona.
5. Conseguir un buen equipo.

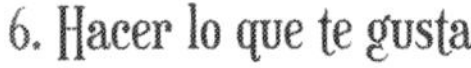

6. Hacer lo que te gusta.
7. Practicar.
8. Aprender algo nuevo cada día.
9. No culpar a otros de tus fracasos.
10. Mantenerte en movimiento.

Día 2

RECUERDA

APRENDE a estar solo, a valorar tu compañía, a realizar tus planes, y a no postergar tus sueños por flojera, indecisión o miedo.

LOS GRANDES LOGROS no son fáciles, la constancia se casó con la paciencia, y sus hijos SON LOS ÉXITOS.

Día 3

Hasta el diario te pide que te ejercites. ¡Es importante! Cuidar tu cuerpo, es cuidar tu energía, y sólo otorgándote tiempo podrás canalizar mejor tus ideas. ¡ES UN RETO! Proponte hacer por lo menos una hora diaria de ejercicio.

NOTA: Cuando estés fallando, no lo abandones... ¡ESFUÉRZATE AÚN MÁS!

Día 4

UNA VERDAD: Llevo dos semanas desde que dejé de entrenar, HE AUMENTADO TRES KILOS y lo único que he hecho es comer mal. Hoy, por ejemplo, me sirvieron atún y preferí salchichas. Me sentí hipócrita hablándoles de perseverancia, pero cuando escribo sale una parte de mí que es la que necesita que yo entienda que puedo, que debo entrenar mi cuerpo y no rendirme tan fácilmente.

Sé persistente con lo que quieres, y será imposible que no lo alcances.

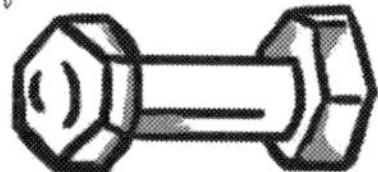

SEGUNDA REGLA: No puedes OBLIGAR A NADIE a que tenga detalles contigo, a que sea fiel, y mucho menos a que esté enamorado (a) de ti. El amor no se compra (al final, si una persona está contigo por dinero o por interés, TERMINARÁ YÉNDOSE cuando consiga algo mejor).

Día 5

Día 6

Lo que viene será mejor que lo que se fue.

¿a Qué le Temes?

Todos le tenemos miedo a algo, yo, por ejemplo, tengo miedo de morirme sin haber cumplido mi misión de vida.

¿Y TÚ?

Me perdono por todas las veces que dejé de hacer algo por miedo a fracasar

LÉEME cuando necesites que te digan LA VERDAD:

Es jodido, nos rompen el corazón, lo que pensamos se desdobla y creemos que será imposible recuperarnos, pero no es cierto. Si fracasas será por falta de capacidad para resolver. SIEMPRE HAY ALGO NUEVO, suelta el equipaje, recibe los desafíos y NO TE CENTRES EN LAS VIEJAS ATADURAS. Despréndete de tu pasado, de la persona que te hirió, de aquel viejo despecho, de la pelea con tu amigo, de tu amargura con tu hermana... ASUME QUE ESTÁS VIVO y que puedes estar peleando con todos, o ser una persona agradable. Suelta lo que te pesa, y comienza a ser mejor.

Día 7

Día 8

La persona que te lastimó pagará el precio, pero no eres juez, así que perdona y continúa

NO OLVIDAR:

1. Controlar el temperamento.
2. Cultivar la paciencia.
3. Ser tolerante.
4. Respetar a los demás.
5. La verdadera pelea es contigo y con tu ego.

LÉEME con un CAFÉ:

ERES EXTRAÑA, diferente a las demás personas. ME GUSTA TU RAREZA, te hace especial. LLORAS porque un tonto te hirió, y lo que menos quieres es volverlo a intentar. Quiero decirte que ERES como una ESTRELLA: distante, inalcanzable pero llena de esperanza, así que NO PERMITAS que un tercero apague tu luz.

Día 9

Día 10

PARA: La chica de ojos tristes

Bonita, mereces vivir enamorada, despertar llena de alegría cada mañana y acostarte tranquila en lugar de hacerlo con los ojos rojos de tanto llorar. Si él no logró hacerte feliz, no es la persona indicada para ti y si aprendes a irte, no volverás una y otra vez al mismo lugar del que tanto te costó salir.

ATENTAMENTE, el amor de todos tus futuros

¿Necesitas una respuesta? ¡SIGUE ADELANTE!

LÉEME cuando tengas MIEDO:

Los NUEVOS COMIENZOS son difíciles, pero coño, la vida es difícil. ¿QUÉ ESPERABAS? Sé que piensas que puede irte mal, ¡CAMBIA ESA ENERGÍA! Si algo sale mal, lo solucionas. La vida te exige moverte, comenzar de nuevo y ser valiente.

Día 11

Día 12

Deja atrás las tristezas y empieza a perdonar. No te vayas llena de impurezas, suelta el rencor, para este viaje es necesario que estés liviana. Si te llevas las mentiras del pasado, las relaciones que se rompieron, y lo que querías que fuera, pero no fue... Estarás sobrecargada y no dejarás que entren las bendiciones maravillosas, que el universo dispone para ti.

El miedo es parte del proceso, no dejes que te consuma, aliméntate de él.

LÉEME cuando necesites un CONSEJO:

Te escribo porque SOY TU AMIGA, no importa la distancia, ni los inconvenientes. Sé, que tal vez, piensas que es sólo un mensaje, pero yo pienso distinto. Creo que ES LA VIDA manifestándose. Rompe las horas, intenta hacer algo diferente, aléjate de la rutina y saca los sueños del viejo cajón. Por cierto, no sé por qué, pero CONFÍO EN TI, confío en que lo lograrás.

Día 13

Día 14

A menudo nos resulta difícil irnos, pero debería ser más difícil quedarnos sabiendo que nos esperan millones de aventuras. Se trata de dar el salto, de conocer nuevas personas, vivir instantes únicos, arriesgarnos por nuestros sueños, escribir nuestra historia, decir adiós al dolor, y estar preparados para los malos momentos, para que cuando lleguen, no caigamos, sino que con la actitud correcta, los sobrepasemos y sigamos adelante.

ESTAR CON AMIGOS QUE TE MIENTEN, que hablan mal a tus espaldas y sólo te quieren cuando eres útil, ES VIVIR ACEPTANDO MENOS de lo que mereces, porque no sólo pasa en el amor, también en la amistad.

Día 15

Cosas que aprender

1. Deja de llorar por quien se ha ido.
2. Valora todas tus capacidades; y no te victimices.
3. Está bien ser diferente, no cambies para gustarle a otros.
4. Estar con alguien que no quieres es la peor infidelidad.
5. Estar con alguien que no te valora, es dejar de valorarte a ti misma.

Día 16

La amistad verdadera
acepta tus defectos
y te quiere por lo que eres,
no por lo que tienes.

Hay amigos que curan nuestro dolor,
se convierten en almohada,
y guardan cada uno
de nuestros secretos.

¡Salud por la amistad!

Febrero

Te aguanté todo, y preferí culparme, pensé que podías cambiar, y terminé opacándome.

Sufrí como idiota para mantenerte cerca, y descubrí que perderte fue la mejor solución.

Día 17

¿Qué aprendiste de la relación que desbarató tu mundo y tu autoestima?

Día 18

HAZ UNA LISTA de los errores que cometiste y de lo que más te dolió:

1.
2.
3.
4.
5.
6.
7.
8.

(Cuando quieras volver, revisa esta página y pregúntate si en serio vale la pena)

Febrero

Tranquila, TODOS COMETEMOS ERRORES, lo importante es no reincidir.

Día 19

Día 20

RECUERDA

1. No dañes a otros.
2. Controla tus palabras
3. Cuida a tu familia
4. Valora lo que tienes.

Depende de ti que este diario
sea una ilusión o una pesadilla.
¡Anímate a crear tu historia!

Febrero

Eres ESE BUEN AMIGO que me enseñó a ACEPTAR MI HERIDA y ME AYUDÓ A CICATRIZARLA.

Los detalles son bonitos y no sólo se deben tener con un novio/a.

EJERCICIO

INTERCAMBIO DE CARTAS

Hazle una carta a tu mejor amigo. Vayan a tomarse algo, y díganse lo afortunados que son por tenerse mutuamente.

Día 21

Día 22

Sé que a veces estoy ocupada y piensas que no te amo, pero ERES MI AMIGA. ESTOY FELIZ DE TENERTE y quiero que sepas, que no necesito tener tu misma sangre para sentirte MI HERMANA.

A veces un simple detalle puede alegrar un mal día

(Tómale una foto a esta página y mándasela a tu mejor amiga para que sepa que la quieres un montón)

Febrero

Lo siento. NO INSISTAS, rompiste mis ganas de volver contigo, cuando ROMPISTE MI CORAZÓN.

Día 23

Día 24

LA CARTA que nunca mandé

Te quise por mucho tiempo, no me arrepiento. Contigo aprendí a perdonar, a tener paciencia y a valorarme. Lo siento, pero cada vez que me buscas recuerdo cómo era mi vida junto a ti. ¡Joder, era terriblemente infeliz! ¿Cómo aguanté tanto? Me quedé más tiempo del que debía, pero ya ves, la gente se cansa. Me cansé de tratar de repararte, porque en mi intento, me estaba partiendo yo. No me arrepiento de haber confiado, me enseñaste que en la vida hay varios tipos de persona y aunque te entregues por completo, te pueden traicionar. También me enseñaste que vale la pena intentarlo, porque el aprendizaje es lo único que se queda, como ahora, que paso de página y me alejo de ti.

POSDATA: Es mejor aprender tarde, que despertarte en treinta años y estar con una persona que no te valora ni te respeta.

Sabes que es tu MEJOR AMIGA cuando te aconseja por horas, sabiendo que no seguirás ninguno de SUS CONSEJOS.

Día 25

Día 26

La amistad alegra nuestros días. Por eso aunque te cueste hacer amigos, inténtalo, ábrete un poco más con las personas y descubrirás qué bonito es tener un cómplice al que puedas contárselo todo.

→ LOS CAMBIOS son fundamentales para nuestra TRANSFORMACIÓN:

¡SE ACABÓ FEBRERO! Seguiré escribiendo y, espero que tú también. Un ciclo culmina y tengo muchas preguntas. ¿Estoy en el lugar adecuado? ¿Por qué me cuesta tanto ejercitarme? ¿Será que el café está listo? ¿Duermo un poco más? SIEMPRE TENEMOS PREGUNTAS, en el fondo, aunque tratamos de ignorarlo, estamos conscientes de lo que necesitamos hacer. Pero ajá, es más fácil decirlo que hacerlo. EN MI CASO, estoy terminando LA SAGA DE MI PRÓXIMO LIBRO* y quiero decirte que trabajes por tus metas, aunque pienses que es imposible, si haces lo que te gusta y tienes paciencia, ESTARÁS DESTINADO AL ÉXITO.

Día 27

Día 28

*Ella es "Daphne" y MUY PRONTO la conocerás en "500 veces tu nombre"

ANTES DE QUE SE ACABE FEBRERO quiero aconsejarte que no insistas. El amor no engaña, y si te han engañado muchas veces, aprende y sigue, porque retroceder es hacerte daño.

MARZO DE DESPEDIR AL PASADO

¿Me crees si te digo que estás por comenzar

el mejor momento de tu vida?

MARZO

METAS DEL MES

•

•

•

•

•

•

Día 1

Día 2

Ella no nota que es hermosa, sigue enamorada del que no la valora y esta noche está llorando, en vez de sonreír

RECORDATORIOS DEL MES

PARA: La chica de ojos tristes

Debió estar loco para no notar que personas como tú no se consiguen en el supermercado, ni en una fiesta de viernes, ni en la cuadra de al lado. Tan guapa, tan extraña como para disfrutar los insomnios y sentirse feliz de estar un sábado en la noche completamente sola, en pijama, con una pizza y un buen libro. Oye... eres preciosa y tienes un nuevo mes para ser feliz. ¡No lo desperdicies!

ATENTAMENTE, el amor de todos tus futuros.

TE RETO a que le escribas a la persona que te gusta. ¡ARRIÉSGATE, luego me cuentas que tal te fue!

IMPORTANTE: No aplica para ex, o para personas que te hicieron daño.

Día 3

Día 4

Ama, concéntrate, libera los miedos, sonríe, ten tiempo para divertirte, y mantén la humildad.

RECUERDA que la persona correcta no hace que le mendigues amor, y está a tu lado porque quiere, no porque insistes. Te apoya cuando no tienes ánimo, y no es interesado.

IMPORTANTE: Aléjate de los amores o de las amistades por conveniencia, que desean tu cariño cuando pueden ganar algo de ti, pero que no te cuidan cuando ya no tienes nada que pueda servirles.

MARZO

TU VIDA está dando un GIRO INESPERADO. y sé que tienes miedo, sólo quería decirte que ESTOY CONTIGO y que eres tan talentoso. que TODO TE SALDRÁ BIEN.

Día 5

Día 6

Quiero recordarte que puedes lograr lo que sea, si dejas de vivir en el pasado.

PARA: La chica de ojos tristes

Me gustaría convertirme en la medicina adecuada, sí, quisiera convertirme en una pastilla y llamarme: presente. Que me tomes todos los días y te lances al vacío de tus sueños apostándotela por lo que amas, y viajando sin la pesadez de la nostalgia. Eliminando la distancia entre tu corazón y los nuevos comienzos. Porque pensaste que la vida es una mierda porque un tonto se fue con otra, pero no es así.

ATENTAMENTE, el amor de todos tus futuros.

LA ORGANIZACIÓN es CRUCIAL cuando se trata de CUMPLIR TUS METAS

Día 7

Día 8

OBJETIVOS A CORTO PLAZO

•

•

•

•

¿TE ESTÁS EXIGIENDO lo necesario, o sólo culpas al entorno de TUS FRACASOS?

Ten la humildad de aceptar tu equivocación y la autoestima suficiente, para aprender de tus errores

MARZO Si tienes un AMBIENTE LIMPIO, tu energía también lo estará. ¡CAMBIA EL AURA y alejarás la mala suerte!

Día 9

Día 10

Siempre debemos renovarnos, y para eso necesitamos desapegarnos de lo material, y así dejaremos que cosas nuevas lleguen a nuestra vida. Recuerda hacerlo desde el amor, para que de esa forma, se regrese a ti.

CONSEJO DE LA NOCHE: Limpia tu closet, dona lo que no uses y esté en buen estado. Entrégale más a las personas que te rodean. Evita ser consumista, lo que te sobra le está faltando a otros.

LÉEME cuando tu camino SE DESVÍE:

A veces PENSAMOS que estamos en el lugar equivocado. No reconocemos el ambiente que nos rodea y de pronto, también DEJAMOS DE RECONOCERNOS. Si te está pasando, si te sientes confundido por el ritmo de las acciones... Detente un segundo, ANALIZA TUS PRIORIDADES y no entres en pánico. Quizás te perdiste porque la vida quiere mostrarte algo especial.

Día 11

¿Sientes que estás haciendo todo mal?

NO TE EXCUSES, tampoco te deprimas; RECTIFICA Y APRENDE.

Día 12

TU AMOR

AMOR PROPIO

Cuesta volver al camino correcto,
pero no es imposible;
si quieres puedes.

ROMPER LAS REGLAS de vez en cuando NO ESTÁ TAN MAL

Día 13

Mi problema recae en que todos los lunes me digo que no vuelvo a faltar a la dieta, y todos los jueves estoy pidiendo una pizza. En fin, si te pasa como a mí, trata de insistir. No podemos ser garditos toda la vida, y no lo digo sólo por la apariencia, sino por la salud.

Día 14

¿Qué mal hábito DEBES DEJAR?

¿Qué estás haciendo para MEJORARLO?

¿A qué eres ADICTO?

La vida es un viaje sin fronteras, y eres tú quien pone las reglas

LÉEME cuando tu camino SE DESVÍE:

NO LLORES porque una persona te dijo "no sirves", me parecería más oportuno que exploraras en tus defectos, aceptaras la negativa, y tomaras fuerza para demostrar que SE EQUIVOCA.

IMPORTANTE: No tienes que demostrárselo a esa persona, debes demostrártelo a ti mismo.

Día 15

Día 16

NO LO OLVIDES: Disfrutar es importante, no quiero decirte que no tomes, y mucho menos si es vino. Lo que quiero decirte es que no llegues al punto de perder la razón y hacer el ridículo.

MARZO EL DESTINO nos empuja hacia nuevos retos, las puertas se trancan para obligarnos a saltar y saltar es ARRIESGARNOS, es SER VALIENTES, pero, sobre todo, SER CONSCIENTES de que nuestros problemas nacen, para que los resolvamos.

Día 17

La gente que no está a tu lado, es la que debía irse. No retengas a quien se fue, por alguna razón lo que verdaderamente necesitas, es que esté lejos.

Día 18

SEÑAL CASUAL: Quizás no era yo lo que esperabas, pero LA VIDA ES MUY BONITA para vivir dependiendo de que alguien te escriba para ser feliz. ¡VAMOS! LANZA EL MÓVIL en la cama, y sal a divertirte.

Lo que para nosotros significa "DESVIARNOS" puede llevarnos al lugar donde REALMENTE DEBÍAMOS ESTAR.

Día 19

De tus derrotas consigue las ganas para no desfallecer partiendo de la premisa "fallar es aprender"

Día 20

TUS ACCIONES dicen más que tus palabras. Intenta ser consecuente con ellas y no decir "TE QUIERO", para luego romper un corazón a través de la INFIDELIDAD.

Él es "Adonis" y MUY PRONTO te hechizará EN MI NUEVA SAGA "500 veces tu nombre"

MARZO LEY DEL ÉXITO: Lo que se fue tenía que irse. Lo que no funciona, no era para ti. Cada uno de tus fracasos te ayudará a construir el ÉXITO DEL FUTURO, si tienes AUTOESTIMA para no dejar de intentarlo, y HUMILDAD para TRIUNFAR sin creerte mejor que las demás personas.

Día 21

Día 22

CLAVES para EMPRENDER

1. No copies, inventa.
2. Sé creativo.
3. Que tu impulso sea tu pasión y no el dinero.
4. Sé constante.
5. Mantente humilde.
6. Expándete.
7. Ten estrategias publicitarias.
8. Cree en ti.
9. Acepta las críticas.
10. Trabaja por mejorar tu producto y, sobre todo: tu persona.
11. Aprende de los fracasos.
12. No te rindas.

A mí también me dijeron: "NO LO VAS A LOGRAR", pero demostré que esas palabras solo se convirtieron en mi impulso, y que ahora vivo gracias a mi supuesta "FANTASÍA". Ésa que no iba a llevarme a ningún lado.

LÉEME cuando te preguntes POR QUÉ CORTÉ CONTIGO:

Fuiste tan, pero TAN IDIOTA, que pensaste que se solucionaría todo dejándome de hablar. Sí, te funcionó el primer mes, cuando no sabía que podía llorar tanto. Pero ¿sabes qué? Las cosas se arreglan HABLANDO, y sí, logré superarte. De hecho, NUNCA ME HABÍA IDO TAN BIEN EN LA VIDA hasta que te fuiste, tu compañía me restaba, y desde que no estás junto a mí TODO EMPEZÓ A MEJORAR. Es por eso que cuando regresaste, aunque quise volver a intentarlo, no pude, y decidí terminar la relación.

Día 23

Día 24

Después de todo, SOMOS CAPACES DE CONSEGUIR LO QUE QUEREMOS. Está mal unirse a alguien por miedo a no prosperar. Está mal si te dijeron que te casaras con un millonario, o a ti, si te dijeron que buscaras a una mujer para que te atendiera. PROSPERAMOS CUANDO SOLTAMOS TODA ESA CLASE DE LIMITANTES y entendemos que somos capaces de lograr cualquier cosa, porque el amor jamás será igual a dependencia.

LO SIENTO, NO AMO POR ESTABILIDAD, no me compras con dinero ni tampoco huyo de la soledad. No cambio a mi mejor amiga por una pareja, y no me gusta que me quiten LA LIBERTAD.

MARZO

¡TODO VA A SALIR BIEN!... ¿Sabes? A veces lo único que quieres es que no te molesten. NO NECESITAS que te digan que vas a estar bien. Prefieres estar sola... en silencio... con tu termo de café.

Día 25

Hay días de días, no tiene nada de malo no tener ganas. Sumergirte en la apatía y desconectarte del mundo. Porque de pronto, no tienes ánimo para ser la máquina de solución de problemas, simplemente, quieres llorar un rato.

¡De cada lágrima saldrán respuestas, pero no quieres escucharlas, todavía no! Te acomodas en tu sillón de descanso, con tu termo de café y un buen libro que te hace escapar de tu realidad, de la misma gente, del mismo ambiente, de las mismas promesas rotas.

Día 26

Tus lágrimas se mezclan con la lluvia, sales al jardín, te mojas, gritas, vuelves a gritar, pero más fuerte: una parte de ti, acaba de despertar.

Tocar fondo te ayuda, y estás sacando viejas heridas, estás liberando lo que habías encerrado en un rincón de tu ser y te estaba matando. Así que, a partir de hoy, estarás más liviana.

TERCERA REGLA: No llores por alguien que nunca quiso ser feliz a tu lado. Las lágrimas debes guardarlas para momentos o situaciones que las ameriten, no puedes estar regalándoselas a ningún PENDEJO (A).

Día 27

Día 28

YA NO QUIERES CARGAR CON TANTO PESO. Estás preparada para desprenderte y de esa forma, tus alas podrán alzar vuelo. No puedo mentirte y decir que será sencillo, pero sí puedo prometerte que estaré a tu lado.

Porque ES DIFÍCIL CAMBIAR, es cierto, también me pasa, sólo que en ocasiones es la única forma de no desperdiciar la vida y arrepentirnos después.

MARZO

"Para ser una persona EXITOSA en la VIDA, primero tienes que ser exitoso como SER HUMANO".

Día 29

Día 30

Día 31

SE ACABÓ UN MES y tengo unas preguntas para ti:

¿Qué haces por tu entorno? ______

¿Ayudas a tu familia? ______

¿Ayudas a los desconocidos? ______

¿Te importa el mundo? ______

¿Te importa que hayan niños muriendo de hambre? ______

¿Si pudieras cambiar algo del planeta, qué sería? ______

¿Eres justo? ______

¿Dices la verdad? ______

NO PIENSES ÚNICAMENTE EN TI, atrévete a apostártela por un mundo nuevo y mejor. Inspira a las demás personas, no pienses que eres insignificante. ¡TE NECESITAMOS! Y si quieres ser exitoso, sería bueno que te preguntaras ¿Si muriera mañana, estoy satisfecho con mi estadía en la tierra? La respuesta es tuya, sé sincero.

Vivir a través de las mentiras es cargar un disfraz eterno, es ser una máscara andante, es llevar la carga y la tristeza de NO ACEPTARTE A TI MISMO.

Sabes… TIENES UNA MISIÓN ESPECIAL. La indiferencia es sinónimo de fracaso.

Yo creo ~~en~~ un mundo mejor

ABRIL DE DEDICAR SONRISAS

En este mes nos centraremos en la confianza. Me refiero a que muchas veces queremos alcanzar cosas, pero las inseguridades nos impiden sentir que somos capaces y que podemos hacerlo.

En mi caso, siempre les digo que no soy un referente, pero... ¿Realmente quién es Nacarid Portal?

¿Realmente QUIÉN ES Nacarid Portal?

SOBRE MÍ

Casi no se nota ¿no?

Este es su primer libro, "La vida entre mis dedos".
DISPONIBLE EN AMAZON

Tengo inseguridades

No me gusta cómo me veo en fotos

Canto muy mal → nivel: rompe vidrios

Soy mala ubicándome con las direcciones

No puedo dormir con todo apagado → me da miedo

Odio bañarme con agua fría

No me gusta la gente tramposa

Soy súper ~~celosa~~ ~~tengo síndrome de Otelo~~ celópata celosa y ya

Soy consentida

No sé cocinar → ni lavar, planchar, limpiar, etc

Creo en los extraterrestres

Soy un poco rara

Soy adicta al café

Me encanta la pizza

Escribo de noche

si es con una copa de vino, mejor

SOBRE TÍ

"Aprende de tus debilidades y conseguirás tus fortalezas"

Me costó un montón APRENDER a confiar en mí

1. Concentrándome en mis virtudes.
2. Dejando la competencia a un lado.
3. Haciendo lo que amo.
4. Aprendiendo de mis fracasos.

Lo que quiero decir es que, NO FUE SENCILLO. Todavía me cuestan algunas cosas y soy humana. Pero, cuando te concentras en lo que quieres sabes que no hay nada que pueda detenerte. Cuando perdí a mis padres lo entendí. ERA SIMPLE:

La vida = Hoy
Presente = Tus sueños
Físico = Caduca
dinero = Se va

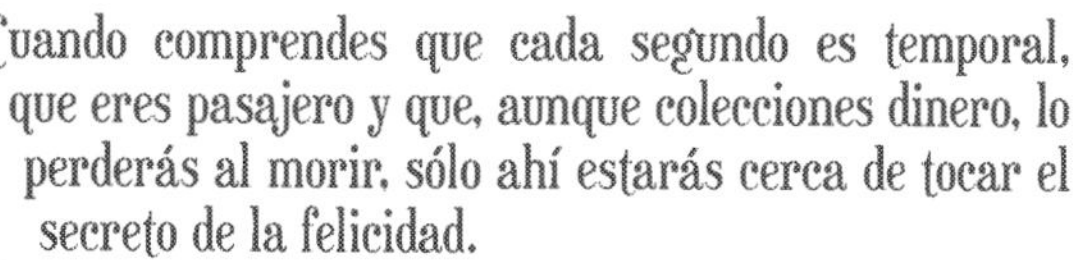

Cuando comprendes que cada segundo es temporal, que eres pasajero y que, aunque colecciones dinero, lo perderás al morir, sólo ahí estarás cerca de tocar el secreto de la felicidad.

Yo comprendí que quiero dejar mi huella y, quiero que ella se cruce con la tuya. Por eso, escogí la misión de construir un mundo más bonito y crear estrategias para que al irme, haya dejado el rastro de una estrella.

ES POSIBLE ALCANZAR IMPOSIBLES si se trabaja con el corazón, muchísimo esfuerzo y con una dosis diaria de constancia.

Día 1

Prepárate un café y trabaja por lo que quieres.

Día 2

No culpes a otros por lo que no tienes. ¿Qué es lo que deseas? Yo me parezco a muchos de los personajes de mis libros. Con Amor a cuatro estaciones aprendí sobre el tiempo, en lugar de dejar que nos consuma podemos hacerlo parte de nuestras vidas. Tic tac, tic tac, tic tac... El tiempo sigue rodando, eres el controlador de tus segundos y nadie tiene la culpa de lo que dejas de hacer.

Sé inconforme, pero no dejes de valorar lo que tienes. No seas conformista contigo ni con tus metas, y trata de mejorar para que lo que ya te sale bien, te salga aún mejor.

NO IMPORTA que te diga "NO TE SENTIRÁS SOLA", porque aun así, lo harás y tendrás que soportarlo porque aún no inventan pastillas contra LA SOLEDAD.

Día 3

No huyas de lo que sientes, enfrenta tus emociones y descubre qué es lo que te hace falta

Día 4

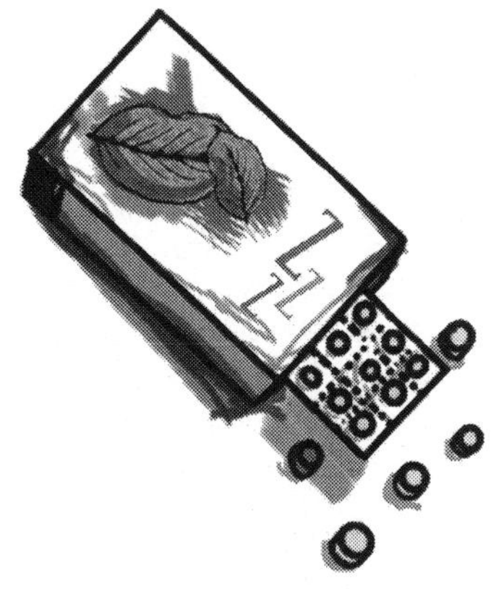

La soledad es maravillosa cuando aprendes a descifrar el lenguaje mudo del silencio. No necesitas una pastilla para ser feliz, necesitas abrirte a los sentidos porque ellos, te enseñarán que vives en un paraíso y que eres fuerte, que puedes sobrepasar cualquier cosa y ser dueño de tus sonrisas.

Después de todo LA VIDA NOS GOLPEA, nuestras decisiones duelen, LA NOSTALGIA ACUDE SIN AVISAR y EXTRAÑAMOS VIEJOS INSTANTES, personas o ráfagas de felicidad que parecen haberse escondido.

Día 5

La vida es de cambios y eso que extrañas vive en ti, ahora, puedes crear nuevos recuerdos y valorarlos cuando todavía son parte del presente.

Día 6

COSAS que le duelen
a NACARID PORTAL:

1. Las mentiras
2. La injusticia
3. La nostalgia al extrañar algo que sé que no volverá.

CONFESIÓN: A veces lloro, me vuelvo un chorro y me ahogo en mis lágrimas. Lloro de forma desconsolada, y luego, sonrío. Después de estar terriblemente triste, consigo mil motivos para ser feliz (quizás soy bipolar, pero prefiero pensar que soy sensible). Por cierto, algo que no puedo soportar, es que otros me vean llorar, sólo contarlo es un voto de CONFIANZA hacia Uds.

NO SÉ cuál es la solución, sólo sé que rendirse NO DEBERÍA estar entre las OPCIONES. Existe un mundo LLENO DE POSIBILIDADES.

Día 7

¿Qué es lo que más te asusta de la vida?
¿Le tienes miedo al futuro o a la muerte?

Día 8

Es necesario conocer tus debilidades para intentar fortalecerlas, hacer de ellas tus mejores aliadas, o simplemente, enamorarte de ellas.

A mí me daba miedo trabajar en una oficina, sí, sé que es tonto, pero ése era mi mayor miedo. Me causaba pánico saberme encerrada en un trabajo de mierda y sin poder hacer lo que me gustaba, así que me esforcé para que no pasara y el miedo me sirvió de impulso para lograr mi objetivo (estoy bien lejos de una oficina y mi trabajo es escribir historias y estar unida a cientos de vidas, como la tuya).

Buena suerte, porque EL ÉXITO LO TIENES ASEGURADO una vez que te atreves

Más de "Mientras te Olvido" DISPONIBLE EN AMAZON

¡ESTOY FELIZ porque algo me dice que hoy será un BUEN DÍA!

Día 9

¿QUÉ QUISIERAS ALCANZAR antes de llegar a fin de año?

1.
2.
3.
4.
5.

Cuando aprendes a aceptarte, te deja de doler estar sola. ¿Sabes? Es bonito recorrer nuevas calles, y redescubrirte, saber que siempre fuiste autosuficiente, pero que sólo te tomó tiempo conocer esa parte de ti, que saca soluciones con cada sonrisa.

Día 10

¿QUÉ PLAN TIENES para lograr la meta?

1.
2.
3.
4.
5.

ESTE MENSAJE ES PARA TI

Si permites que te quiten la estabilidad emocional, serás adicta a la amargura; y vivirás culpando a otros, por no aceptar que es tu error

LÉEME cuando necesites saber si VOLVER o SEGUIR ADELANTE:

Es tiempo de aceptar que TERMINÓ, que no son y, que no serán. Que SIMPLEMENTE FUERON UNA HISTORIA que permanecerá en el recuerdo, pero nunca más en tu realidad. Que, si no logras seguir adelante, vivirás aferrándote a situaciones que caducaron y nunca tendrás el poder de alzar vuelo. Que SI ME ESTÁS LEYENDO NECESITAS HACER ALGO, no puedes vivir preguntándote qué hubiera pasado, NECESITAS DEMOSTRARTE QUE YA PASÓ y que lo que sigue sucediendo. ERES TÚ, que tienes un presente maravilloso esperando a que lo valores.

Día 11

¿Cuántas veces te engañó, menospreció y humilló?

Día 12

¿Cuántas veces lo perdonaste alegando que así es el amor?

RAZONES para VOLVER

1.
2.
3.
4.
5.

RAZONES para NO VOLVER

1.
2.
3.
4.
5.

¿TE HA PASADO? ¿Quedarte MENDIGANDO AMOR, aguantando INFIDELIDADES y posponiendo TUS METAS? Si estás en esta página, cógela como una SEÑAL para salir adelante POR TI.

CUARTA REGLA: No lo(a) excuses. SI ERES SU AMANTE es porque NO ES LEAL, no creas cuando te dice que su relación va fatal. Una persona CORRECTA sabe decir adiós, y no comienza OTRA HISTORIA, sin antes culminar la que tiene.

Día 13

Día 14

TE MINTIERON cuando te dijeron que sería fácil. ES COMPLICADO, hay derrotas, nos rompen el corazón, las personas que queremos NOS TRAICIONAN y las despedidas nacen constantemente. ¡Esa es la vida! Pero nuevas personas van a llegar, conocerás ALMAS PURAS, amarás de nuevo y esta vez, no tendrás que abandonar tus sueños ni mucho menos TU ESENCIA.

¿Estás a punto de EMPRENDER un CAMBIO RADICAL en tu vida?

A continuación, te dejo algunos consejos que particularmente me han servido y quizás te sirvan a ti también:

En primer lugar, no te predispongas (todos tendemos a hacerlo, créanme), trata de canalizar toda tu energía pensando en positivo.

En segundo lugar, no lleves mucho equipaje, con esto quiero decir que trates de estar liviana para que tengas más agilidad. Cuando empezamos es mejor no sobrecargarnos.

En tercer lugar, olvídate de tus defectos y cuando digo que los olvides no quiere decir que los ignores, sino que hagas dos cosas diarias que puedan compensarlos. Si te cuesta levantarte temprano, aunque es difícil (lo digo por experiencia propia), acuéstate más temprano. Si eres pésima en la orientación (como yo), utiliza el GPS. Si te cuesta ahorrar, haz un plan de gastos. Olvídate de que eres pésima en ciertas cosas y trabaja sobre eso.

¡De eso se trata! De comenzar de nuevo cien veces y no perderte para siempre, en el intento.

A VECES QUIERO DETENERME y que conmigo se detenga el minuto en el que CRECÍ.

Día 15

No sé si estarás conmigo a través del vacío de una noche cualquiera en medio del ruido de esta ciudad. Te escribo como si la distancia no fuera nada, pero tampoco sé si cumpliremos nuestros sueños, si mejoraremos el mundo, si haremos algo en medio de la descomposición social. Sólo sé que no me rendiré porque si lo hago, habré muerto, aunque aún respire. Y quizás esperes que una palabra de aliento salga de mí, pero la nostalgia hace formas con mi cigarrillo y me dice que vuele, porque el cielo es el mundo y la felicidad está ahí, sólo que por hoy… no ha querido salir para mí.

Día 16

ÉL ES CHRISTOPHER, protagonista de mi libro "AMOR A CUATRO ESTACIONES" y uno de mis personajes favoritos. Me gusta su realismo y su nostalgia, me gusta la atmósfera que emana a través de su amor y, sobre todo, que es honesto, sabe que tiene adicciones y quiere salir de ellas. La marihuana, el alcohol, el éxtasis… extraña muchísimo a su hermano gemelo que falleció, y desde entonces, su vida dio un giro y dejó de vivir en lo superficial para encontrarse con un mundo interior gigantesco que desconocía.

CUANDO QUIERAS REGRESAR, RECUERDA por qué te fuiste y cuántas veces TE HIZO SUFRIR.

Día 17

"Por que lo mejor de algunas historias de amor, es que por fin acabaron".

Día 18

Casi vuelvo a perderme
en el túnel sin luz,
en el precipicio sin paracaídas,
y en la rosa sin pétalos,
llena de espinas.

Estuve a punto de retroceder...
pero terminé recordando
por qué me fui.

Ya ves, no llegaste a ser
más que un leve recuerdo,
y no precisamente
de los que te hacen recaer.

RECUERDA: Las personas que NO SON CAPACES DE RESOLVER PROBLEMAS viven con la energía pesada, cargados de MIEDO POR EL FUTURO y de NOSTALGIA por lo que se fue. ¿Qué clase de persona quieres ser? ¿De las que se quejan o de las que se ocupan?

Día 19

¿QUÉ PROBLEMAS has tenido ULTIMAMANTE

1.
2.
3.
4.
5.

Día 20

En mi caso, se me dañó el alternador del carro, y me estafaron con el servicio internet, haciéndome perder mi dinero. (ESTO NO LO SABE MI FAMILIA, ojalá que no lean esta página).

El punto es que, tengo que resolver y acondicionar el coche. Tengo que conseguir otro internet porque lo que pasó ya fue, NO PUEDO VIVIR DE LA QUEJA, ni martirizándome. Listo, LECCIÓN APRENDIDA y a resolver. Les confieso que me gusta ir por la vida adecuando lo que va mal. SE LOS ACONSEJO, es como si pasaras de nivel en un video juego. Resulta muy bueno una vez que aprendes porque ¿sabes qué?, aunque se te presenten nuevas situaciones adversas, ya tienes la capacidad de atravesarlas y conseguir QUE TODO VAYA BIEN.

¡Tú puedes! ¡No lo digas, hazlo!

SÉ BUENO con otros, abre un canal de ENERGÍA POSITIVA, y sé parte de la TIERRA NUEVA, que queremos construir.

Día 21

Día 22

Tengo UNA PREGUNTA recurrente:

¿EL PROBLEMA es de los POLÍTICOS o de nosotros como ciudadanos?

Es notable la APATÍA, el DESINTERÉS y las escasas ganas de ayudar a los demás. Si te encuentras con esta página, te invito a unirte a mi equipo. Ayudamos poco a poco, pero queremos hacer grandes cosas. Comida a los niños en situación de calle, donaciones para nuestra meta final: muchas instituciones a nivel internacional. ¿Crees que es imposible? Yo tengo la certeza de que lo lograré y si piensas que sí, y quieres mejorar el mundo con nosotros ESCRÍBEME a nacaridportalendirecto@gmail.com porque, aunque no lo creas...

¡Te estamos necesitando!

NO LES CREAS si te dicen que todo saldrá bien: ¡NO ES CIERTO!

A VECES las cosas salen mal, pero son pruebas para que puedas DEMOSTRARTE que eres capaz de lograr cualquier cosa, y que los obstáculos determinan la fuerza y el AMOR que tienes por tu OBJETIVO, que más allá de LA META, se centra en EL RECORRIDO.

Día 23

¡Estoy feliz!... porque:
1. Arreglé mi carro.
2. Estoy haciendo mi diario.

No soy perfecta, soy como uds y quiero contagiarlos de ganas.

Día 24

Por cierto, ya tengo internet =)

Cuando te digan: ¡NO PUEDES!

SONRÍE Y CONTINÚA. No malgastes tus energías en ellos, tampoco les desees mal. Los que te dicen que eres incapaz, son los que necesitan más CARIÑO porque están inconformes con su VIDA.

Después de todo, SOMOS NUESTRAS DESPEDIDAS. Los viajes que nos demostraron que podíamos lograrlo. LAS PALABRAS que NO DIJIMOS y las que hubiésemos preferido NUNCA HABER DICHO.

Día 25

Día 26

Somos los miedos que nos estancan
y las veces que volvemos a intentarlo.

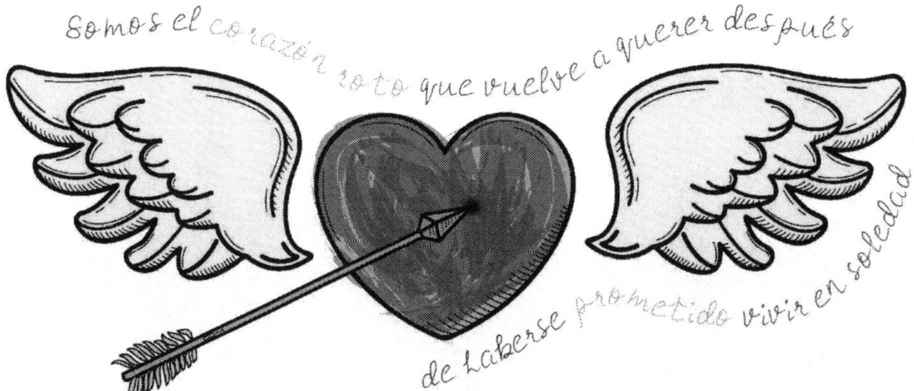

Somos humanos LLENOS DE GANAS de encontrar a alguien que nos salve, sin reconocer que nacimos con las HERRAMIENTAS para SALVARNOS nosotros mismos.

DESPUÉS del olvido

ESTUVIMOS JUGANDO a abrazarnos y ahora juegas a decir que estás mejor desde que partí. JUEGAS A MALDECIRME después de recitarme versos ante la luna. JUEGAS A RENEGAR lo nuestro, DESPUÉS DE PROMETERME QUE SIEMPRE ME CUIDARÍAS. Supongo que ASÍ ES EL FINAL, descubres que quien te salvaba del mundo, trata de hundirte hasta el fondo una vez que EL AMOR TERMINÓ.

Día 27

Lamento no quedarme en tus brazos para toda la vida, pero más lamento que manches lo que tuvimos reduciéndolo a cenizas.

Día 28

EL RESPETO significa mucho, y es triste LA FORMA en que los ENAMORADOS se DESTRUYEN luego de haber pasado muchas cosas juntos y de haberse querido tanto.

LÉEME cuando extrañes a un VIEJO AMOR:

LO PEOR DEL FINAL es DESPEDIRSE de los días de felicidad, de los abrazos y de las promesas, porque SE PIERDEN con ellas NUESTRAS ESPERANZAS, y el mundo no es tan bonito, y las cosas no tienen el mismo color, y la comida ni siquiera sabe bien.

Día 29

Día 30

LÉEME

Aunque no sea LO QUE QUIERES OÍR, es cierto. LA VIDA SIGUE y lo que hoy te DUELE, mañana será una LECCIÓN más. EL PROBLEMA es que el olvido SE TARDA y el desprendimiento sigue QUEMANDO hasta que decides aceptarlo y continuar.

Nada sabe bien después de que la realidad te golpea la cara y te dice que, aunque todo se haya ido a la mierda... la vida continúa.

FUE DIFÍCIL darme cuenta de que NO ERAS TÚ, porque en serio quería que lo fueras. Cada minuto a tu lado fue parte de mi paraíso, y se convirtió en mi infierno cuando lo que tenía en mi mente, se desplomó en mi realidad. NO PUEDO RECLAMARTE NADA, contigo las calles no parecían tan solas. El café sabía mejor, y tomaba tu mano para arrastrarte a mi mundo, un mundo lleno de pequeños "TAL VEZ" y de ganas de llamarle al amor por tu nombre.

Las horas que pasamos manejando por la ciudad, los sueños que decíamos en voz alta. Las ansias urgentes de que el vino fuera parte de nuestras vidas, de sentirnos inmortales, y al mismo tiempo tan humanos. ¿Cómo terminamos así? Dos extraños con un pasado en común. ¿Recuerdas aquellas noches donde todo iba muy rápido? NUNCA ME IMAGINÉ QUE ACABARÍAMOS SIENDO DESCONOCIDOS. Tampoco me imaginé que lloraría, que trataría de retener algo que no era, que te convertirías en musa de mis peores insomnios y en la protagonista de algunas de mis pesadillas, pero siempre una parte de mí estará contigo.

DICEN QUE HAY QUE OLVIDAR, yo opino lo contrario. El pasado nos define, aquellos besos, la juventud descontrolada, nuestras ganas de convertirnos en sexo y llamarnos poesía. Yo prefería cantarte, amarte, tocarte y todo lo que termine en "arte", pero nunca pude olvidarte. Eres parte de mi esencia; eres el recuerdo de mi primer paso hacia la madurez.

Nos lastimamos, es cierto,
pero si tuviera que devolverme,
haría exactamente lo mismo,
porque valió la pena quererte.

Mayo de Fuerza de voluntad

La semilla no sabía que la primavera tardaba, pero que iba a llegar.

QUINTA REGLA: No lo fuerces, si es para ti REGRESARÁ, pero no puedes vivir reteniendo a alguien, o TERMINARÁS PERDIÉNDOTE A TI MISMO.

¿QUÉ necesitas RECORDAR

¿QUÉ necesitas SUPERAR

La paciencia trae consigo grandes renovaciones. Cuando tengas ansiedad, recuerda que los mejores árboles comenzaron como una simple semilla.

Sólo una Señal

A veces todo se complica, y parece que la vida está molesta contigo, pero es todo lo contrario. Porque de vez en cuando se juntan los problemas, y no tenemos ganas de nada, pero salir del túnel hará que nos merezcamos la luz del sol.

No podemos escondernos cuando los problemas están frente a nosotros. Tampoco podemos huir de las decisiones porque son complicadas. Al contrario, debemos reflexionar, y buscar en ellos la forma de poder resolverlos.

Que es imposible que los 365 días del año sean de felicidad, sería muy aburrido. Es mentira que la vida es espléndida, hay inconvenientes, y es normal que no tengamos ganas, porque a veces todo pasa junto y no sabes qué hacer, pero está claro que no debería ser una opción rendirnos.

Tenemos la oportunidad de seguir adelante o podemos escondernos. Es difícil aceptar lo malo de la vida, pero lo bueno, si que es sencillo de alardear. Ahora tienes una señal, para que pases de página, para que te centres en ti, para que aceptes este mensaje, y no sigas dándole vueltas a lo que consume tu energía.

Lo que es para ti, pasará, no habrá forma de que esté lejos.
Pero lo que no te conviene, se cerrará de todas las formas posibles.

Si alguien se ha ido de tu vida, sea una persona, un negocio, un amigo, o una oportunidad y estás sufriendo porque sientes que te "arrancaron algo", tengo que decirte que te equivocas, que no es cierto. La vida es de los valientes, de los que no se fijan en lo malo, sino le sacan lo positivo a los peores momentos. Cuando no quieres hablar, no hablas. Cuando tienes ganas de llorar, pues, ¡llora! Cuando estés atrapada/o en ti mismo, busca las respuestas, pero no te apagues.

Mayo

Cuando PIENSES que no estás haciendo NADA ni por ti, ni por LA VIDA, ni por EL MUNDO… Estarás en lo cierto, es ese instante de reflexión en el que tu espíritu te dice: ¿Qué estás haciendo? ¡DESPIÉRTATE! ¡Saca el trasero de la cama!

Día 1

CONSEJO: Escucha tu VOZ INTERNA, trata de guiarte hacia la mejor versión de ti. CONSTRUYE un nuevo camino en vez de TRANSITAR por lo establecido como un inútil de su propia REALIDAD.

Día 2

METAS del MES

1.

2.

3.

4.

5.

LÉEME si te BOTARON del TRABAJO:

Tienes la opción de CONVERTIRTE en lo que no sirve, o de RENOVARTE de esta mala situación. Depende de ti ESCOGER TU PRESENTE; de esa decisión, nacerá TU FUTURO.

PD: Si te vas a PREOCUPAR, que sea para encontrar LA SOLUCIÓN.

Día 3

No sé si somos tan DIFERENTES, pero sé que algunas mañanas NO QUIERO COMPAÑÍA, y algunas noches de insomnio quisiera que alguien estuviera conmigo. DISCULPA, me hice adicta a la INDECISIÓN.

Día 4

Ojalá no te pase, ojalá no te arrepientas de todo lo que no has hecho y no eches de menos a la persona que querías ser.

RECUERDO que me dijiste que íbamos a ESTAR BIEN, recuerdo también lo tontos que son los ENAMORADOS. Me aferré a tu sombra como si no tuviera una propia, UTILICÉ MIS RECUERDOS para fabricar lo mejor de ti, y empecé a culparme para SALVAR TU IMAGEN.

Día 5

Día 6

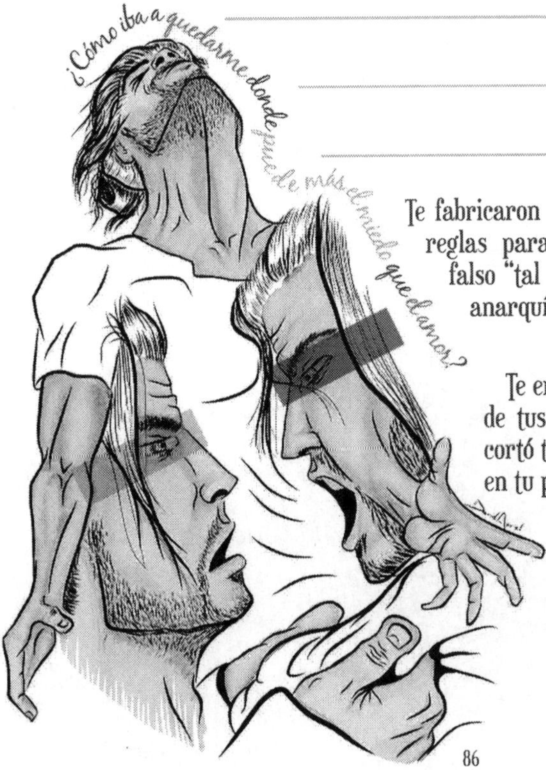

¿Cómo iba a quedarme donde puede más el miedo que el amor?

Te fabricaron la vida perfecta y te saltaste las reglas para vivir un rato conmigo en un falso "tal vez". Porque te enamoraste de mi anarquía, pero no de mí.

Te enamoraste de tus ganas de revivir, de tus ganas de saltarte la rutina que cortó tus alas. Cuando leas esto no estaré en tu presente, no puedes culparme.

NO TODO SE COBRA, acostúmbrate a entregar. RECUERDA que eres una pieza fundamental de la sociedad.

Día 7

4 pasos para acercarte a la abundancia y al florecimiento

Primer paso: HAZ UNA LISTA de todo lo que tienes y de las cosas por las cuales agradeces a la vida.

1.
2.
3.
4.
5.

Segundo paso: VALORA lo que tienes.

Día 8

Tercer paso: CAMBIA de estrategia si tienes problemas con el dinero, programa tu mente y no gastes más de lo que puedes ganar.

Cuarto paso: DEFINE tus objetivos.

El desorden mental te lleva a posponer, y luego, despiertas en veinte años, y te preguntas… ¿Por qué no lo logré? ¡Organízate y no será tu caso!

NO ESPERES a que se termine el año para ORGANIZARTE y luego olvidarlo en febrero. Estamos a mayo y si te va mal es tu culpa. SI TIENES ÉXITO te lo mereces, y si estás trabajando arduamente, pero ESTÁS FELIZ, significa que te encuentras en el lugar adecuado.

Día 9

Día 10

Lo que hoy te preocupa está pasando por algo. Si está todo complicado, ten calma, busca solucaciones, respira, pero nunca te rindas.

OBJETIVOS ALCANZADOS
(Desde enero, hasta el día de hoy)

¿Qué has logrado?:

¡INSISTO! No veas tus sueños como inalcanzables. Defínelos, CÉNTRATE en qué es lo que quieres. Anótalo, dibújalo y -sobre todo-... PLANIFÍCATE.

Día 11

Día 12

Cuando era chica quería ser astronauta, luego me di cuenta de que era pésima en matemática y ya no era lo que quería.

¿QUÉ QUISIERAS LOGRAR?

Es necesario ser específico. Visualiza lo que deseas y no escatimes, porque, aunque no lo creas... te mereces lo que sueñas.

1.
2.
3.
4.
5.

CUESTA COMPRENDER que no te quieren, es difícil quitarse la venda de los ojos y aceptarlo. MI CONSEJO es que lo ACEPTES y te MARCHES antes de que sea MUY TARDE.

Día 13

CADA DÍA QUE PASAS intentando conseguir MIGAJAS DE UN AMOR que de cualquier forma TERMINARÁ YÉNDOSE, arrastras tu dignidad y te alejas más de la persona que eras… APRENDE A SOLTAR y encontrarás más que lo que liberas.

Día 14

BÚSQUEDA

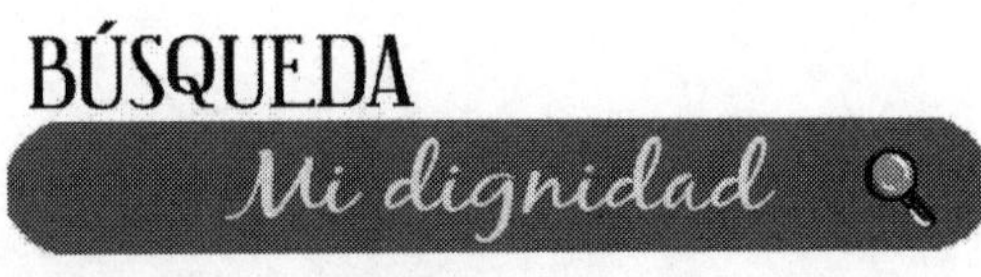

RESULTADO DE BÚSQUEDA

Dignidad NO ENCONTRADA

"ESTE ADIÓS no maquilla un hasta luego, ESTE NUNCA no esconde un ojalá. ESTAS CENIZAS no juegan con fuego, ESTE CIEGO no mira para atrás".

-Joaquín Sabina

Día 15

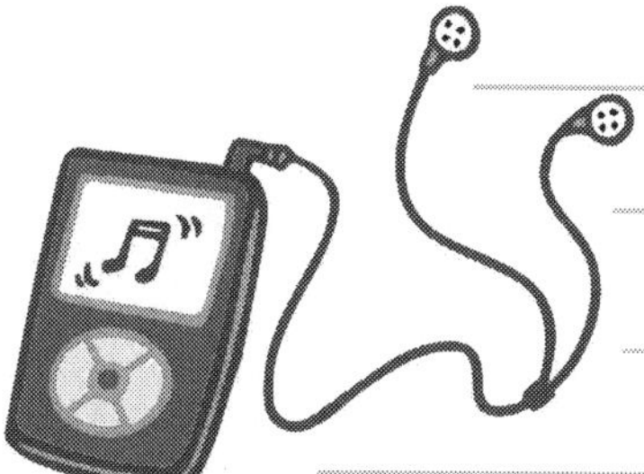

Día 16

#JUGUEMOS

¿Cuáles son tus CANCIONES FAVORITAS?

TÓMALE UNA FOTO a esta página y etiquétame en Instagram (@nacaridportal)
ESCRIBE cuáles son tus 3 canciones favoritas:

1. Artista:
   Canción:
2. Artista:
   Canción:
3. Artista:
   Canción:

ÉSTAS son las mías:

1. Joaquín Sabina: Nos Sobran Motivos
2. Coldplay: Yellow
3. Pablo Alborán: Te he echado de menos

Típico: que tu mejor amiga (o), tenga ataques de celos cuando empiezas a salir con alguien más.

TÍPICO: Quien quieres, no te quiere; quien te gusta, no le gustas, y cuando buscas, no encuentras. Sólo hace falta que llegue alguien EN EL MOMENTO MENOS ESPERADO que si te quiera, (que además, es mucho más guapo/a) e inmediatamente vas a tener a 1000 pretendientes buscándote.

Día 17

RECUERDA: Descansar expande la creatividad, no podemos olvidar procurarnos buenos momentos. ¿Qué tal un día de playa? Me hace falta. Así que, si te pasa lo mismo, planifiquemos algo, unas cervezas, limpiarnos con el mar o, simplemente, disfrutar del existir.

Día 18

"La Sabana"
La Guaira - Venezuela

Si prestas atención a mis consejos y planificas un viaje con tus amigos, recuerda etiquetarme. Estaré feliz de saber que estás rompiendo las distancias y que soy parte de tu vida, así como tú, formas parte de mí y de este diario. Como te digo, por estar tan enfocada en mis proyectos me olvidé de disfrutar del día a día, pero ya saben, nunca es tarde para hacerlo y ahora me despido... ¡Me espera la playa!

Típico de mejor amiga: Te dice que está en veinte minutos y llega 3 horas después

APRENDE algo nuevo cada día: NUNCA estás demasiado viejo para estudiar, para VIVIR del placer de adquirir nuevos conocimientos y NUTRIRTE para ti, no para llamar la atención o creerte mejor que el resto.

Día 19

NACARID PORTAL aprende a través de:

1. Los libros.
2. Las noticias.
3. Youtube/Youtube Edu.
4. TED Talks.
5. El diccionario (busco una o dos palabras nuevas cada día y las memorizo).
6. The History Channel (soy adicta).
7. Investigar sobre temas de mi agrado, o de los que desconozca. Por ejemplo: Política exterior, economía, relaciones internacionales, cultura, arte, etcétera.

Día 20

LA IDEA ES AMPLIAR NUESTROS CONOCIMIENTOS y sorprendernos con el maravilloso universo que tenemos. No vivir como robots de la era moderna que tienen todas las herramientas, pero se niegan a usarlas y se dejan llevar por la corriente. En esta época no existen excusas para no saber. Por ejemplo, una de mis metas cercanas es aprender idiomas, aunque es un reto y sé que será difícil, también sé que valdrá la pena.

Aprender es quitar las fronteras, es crecer y dedicarte tiempo a ti mismo.

LÉEME si estás con alguien que NO AMAS:

SI SEGUISTE LEYENDO es porque estás desaprovechando TU VIDA y LASTIMANDO a una persona POR NO SER VALIENTE. ¿Estabilidad? ¿Miedo? No sé cuál es la razón que mantiene viva TU MENTIRA, pero estar con alguien que NO AMAS es lastimar a la parte de ti que necesita SER FELIZ. Vivir con alguien sin estar ENAMORADO es desperdiciar tu vida engañándote cada mañana. Es cortar tus segundos con la tijera del CONFORMISMO y ahorcar tus sueños por MIEDO a no alcanzarlos. Es encadenarte a LAS METAS de alguien que te proporciona SEGURIDAD, pero que no logra fabricar mariposas en tu estómago.

Día 21

TIPS para saber si es costumbre o amor:

1. Sientes que algo te falta.
2. Vives soñando con el gran amor, aunque tienes a alguien caminando de tu mano.
3. Hablas y te llama la atención otra persona.
4. Te enojas por todo y tienes en cuenta cada uno de sus defectos, en vez de aceptarlos.
5. No te imaginas para siempre con él/ella.
6. Sientes nostalgia cada mañana y te envuelves en ti, para tratar de ignorarlo.
7. No sientes ganas de tener relaciones sexuales con frecuencia.

Día 22

Te sientes segura y por eso te quedas, pero, aunque no lo creas, estás marchando tu felicidad.

IMPORTANTE: Si tienes cuatro de los tips, quiere decir que NO ESTÁS ENAMORADA. Que simplemente te acostumbraste y le tienes miedo a no conseguir algo mejor.

ES DIFÍCIL COMENZAR DE CERO y mucho más cuando tu corazón está lejos de ese nuevo comienzo. Sin embargo, es peor y muy vergonzoso que te quedes en el mismo INTENTO FALLIDO por SOLUCIONAR lo INSERVIBLE.

Día 23

Día 24

LÉEME si acabas de descubrir una INFIDELIDAD

Seguro SIENTES que ESTÁS MURIENDO, pero vengo a decirte que NO ES ASÍ. Te lastimaron para que entendieras, que en ocasiones lo mejor es dejar ir.

PD: Está bien que llores, pero MI CONSEJO es que arregles el desastre y sigas adelante.

SI ES TU CASO, pregúntate lo siguiente: ¿POR QUÉ SIGUES ENGAÑÁNDOTE cada día cuando lo que antes era, hace tiempo que murió?

ALGUNAS COSAS que rompiste NO PUEDES ARREGLARLAS. No me busques, porque ME ROMPISTE en tantos pedazos que tuve que VIVIR sin varias de mis partes e INTENTAR superarlo.

Día 25

Mira... Da igual las mariposas en el estómago que todavía siento cuando te veo, porque nunca supiste cómo darle paz a mi corazón, y yo necesito a alguien que no viva engañándome, prefiero estar soltera, pero con tranquilidad, a estar a tu lado, pero llena de dudas.

¿RECUERDAS? Mientras eras feliz con miles, yo te lloraba por los rincones. Ahora que estoy empezando de cero, no pretendas que voy a retroceder a la página del pasado infructuoso y triste que tanto me costó pasar.

Día 26

Lo que NO VOLVERÍA a hacer:

1. _____
2. _____
3. _____
4. _____
5. _____

¿HAS APRENDIDO DE TU PASADO? ¡Haz esta lista y revisala cada cierto tiempo, sobre todo cuando sientas que estás recayendo en los mismos errores de siempre!

Un poco sobre MI TERCER LIBRO: "*Mientras te olvido*", donde su protagonista AIMÉ, tiene que superar una DOLOROSA RUPTURA.

SEXTA REGLA: Antes de decir "DOY LA VIDA POR TI": da la vida por ti mismo, para que NO SIGAS AFERRÁNDOTE a personas en vez de sujetarte a tus sueños y tus metas.

Día 27

consejo de supervivencia

No acepten una relación que los humilla, de ningún tipo, ni profesional ni personal. Sólo ustedes deciden cuánto merecen, pero a veces, POR TEMOR A LOS CAMBIOS, solemos quedarnos en lo que nos maltrata. La idea es que, SI ME LEES, seas consciente de que quizás estás desperdiciando tu tiempo y que más que un consejo, soy una casualidad.

Día 28

¿Recuerdas cómo solías ser?

Me enamoré de tus detalles y de tu carisma. El problema es que luego de saberme tuya, perdiste la máscara con la que me conquistaste y los detalles dejaron de existir.

ERES PARTE DE MI VIDA, tenemos retos importantes y este diario más allá de APOYARTE en la organización, BUSCA DESPERTAR las mejores partes de ti y convertirse en tu compañía.

Día 29

Día 30

HAY CIERTOS LINEAMIENTOS con los que soy MUY ESTRICTA y hoy, quiero compartirlos con ustedes porque para mí SON LA CLAVE de una buena vida:

1. No tengas deudas.
2. Invierte en ti y en tus sueños. → van de la mano
3. Haz todo con honestidad (no robes, ni seas injusto).
4. Piensa en los demás y no sólo en ti mismo. → importantísimo
5. Sonríe cada mañana. :)
6. Toma los problemas como retos y no como tragedias. → cero (0) drama
7. Ten tiempo libre para distraerte.
8. Sé consecuente con tu labor humana en la sociedad.
9. Cuida tu apariencia y no te descuides. → no quiere decir que vas a dejar de comer
10. Observa a las personas por lo que son y no por lo que tienen o aparentan.
11. Agradece estar vivo. → todos los días
12. Sé un buen hijo, amigo, hermano y ser humano.
13. Respeta a los otros y no juzgues. → seguro tú también lo has hecho
14. Cuida tus palabras y aprende de tus errores. ← todos los cometemos alguna vez en la vida
15. Mantén la humildad.

UN CICLO TERMINA para abrir nuevas puertas, UN MES CULMINA y con él viene el inicio de OTRA OPORTUNIDAD.

Día 31

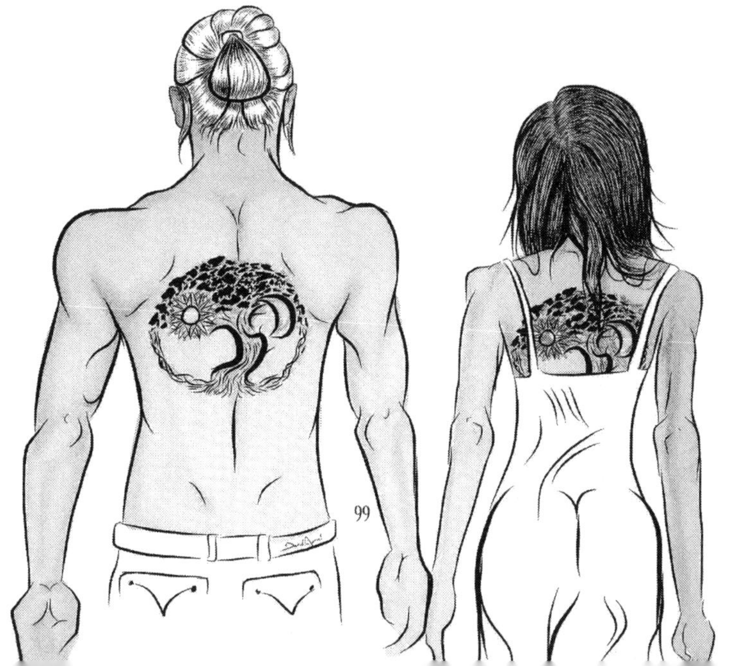

Junio

Todos los días es tu día, no importa si es tu cumpleaños o no, hoy celebremos juntos.

de celebración

¡Celebremos que estamos vivos y que tenemos millones de motivos para ser felices!

Junio

planificación del mes

(Haz de ésto una costumbre, planifícate todos los meses)

Semana	Turno	Lunes	Martes	Miércoles	Jueves	Viernes
1	Mañana					
	Tarde					
2	Mañana					
	Tarde					
3	Mañana					
	Tarde					
4	Mañana					
	Tarde					

Puedes usar los fines de semana, pero recuerda que es importante el descanso

Junio

Recordatorios:

1. Escribir los asuntos pendientes del mes, así no te olvidarás de resolver ni el más pequeño de éstos.

2.

Por cierto, tengo una buena entrada de dinero este mes... ¿ahorro o me lo gasto? → NO

Semana	Básico	Ocio y Vicios	Cultura	Extras	INGRESOS
	-ALIMENTACIÓN -TRANSPORTE -SALUD -FAMILIARES -MASCOTAS	-COMIDA RÁPIDA -DISCOTECAS -CIGARROS -	-LIBROS -CINE -ESPECTÁCULOS -	-VIAJES -REGALOS -REPARACIONES -	-MENSUALIDAD -VENTA -FREELANCE -
1					
2					
3					
4					
TOTAL					

(Diario de Gastos de Junio)

Realiza la sumatoria por semana en tu moneda local

TOTAL GASTOS (básico+ocio+cultura+extras) =

TOTAL INGRESOS

Los AHORROS del MES =

Ahorrar es invertir en tu futuro, es mejor tener un soporte que vivir al día.

TODOS LOS DÍAS ES TU DÍA, no importa si es tu cumpleaños o no, HOY CELEBREMOS JUNTOS.

Día 1

Día 2

LÉEME cuando no tengas GANAS DE NADA

1. Eres un ser humano precioso.
2. Tienes talento.
3. Aunque te hayan roto el corazón, sigues existiendo.
4. Aunque no estés en el lugar que pensaste, estás aprendiendo y puedes llegar a donde quieras.
5. Confío en ti.
6. Soy tu amiga en la distancia y no siempre te puedo decir cosas positivas, así que ahora me toca decirte que te levantes y dejes de quejarte.
7. Piensa en esas personas que no tienen nada, y valora lo que posees.
8. Tómate unas cervezas, ve a la playa o la montaña. ¡Motívate!
9. Dedícale tiempo a tus estudios, no importa si estás en la universidad o no, siempre puedes estudiar. ¡Exígete más!
10. No te rindas por un fracaso.
11. Deja de tenerle miedo a los cambios.
12. Te quiero, y si no tienes ganas, duerme un poco pero luego… levántate con ánimo.

BRINDO por esos AMIGOS que hacen que nuestros días tristes sean menos tristes, y que nuestro corazón roto, TENGA COMPAÑÍA.

Día 3

UN VERDADERO AMIGO (A) es quien tiene la fortaleza para PERDONARTE; TE QUIERE lo suficiente como para arreglar las cosas hablando, y NO SE ALEJA DE TI, sin decir adiós.

Día 4

MÁNDALE UNA FOTO de esta página A ESE AMIGO que nunca te deja solo, que te acompaña cada vez que estás triste y que celebra contigo tus mejores momentos.

CONSEJO CASUAL: Si vives pensando en lo que "HUBIERAS SIDO" de haber actuado distinto, te encerrarás en una ZONA ROJA llena de BAJA AUTOESTIMA, autocompasión, mediocridad y falta de valía al preferir vivir de los errores, en lugar de VALORAR TU PRESENTE e ir creando, poco a poco, lo que DESEAS SER.

Día 5

TE PEDÍ DISCULPAS por algo que no había hecho, TE DI AMOR, aunque no lo valoraste, te mandé mensajes, aunque me ignoraste, y pensé que PODÍAMOS VOLVER a comenzar. Un día dije "BASTA", comencé de nuevo sola, me valoré y se sintió genial saber que di todo y, que si SE TERMINÓ no fue por mí. Desde entonces, ESTOY LIVIANA, mi vida cogió otro rumbo, y SOY MÁS FELIZ.

Día 6

LA ROSA representa la vida, y LAS ESPINAS son los inconvenientes. Como verán, no se pierde la hermosura de la rosa porque pueda pinchar, al contrario, te enseña a tener precaución y, sobre todo, a APRENDER DE LO NEGATIVO. Puedes pincharte una vez, pero si te vuelve a pasar, es culpa tuya. Depende de ti ver LO HERMOSO DE LA ROSA o quedarte únicamente con las espinas.

UN AMIGO no es sólo para fiestas, cuando es una verdadera amistad PERMANECE A TU LADO después de los amores fugaces, de los bares y de la diversión.

Día 7

La verdadera amistad no conoce de egos, ni vive del orgullo, no siente envidia, ni desea el mal.

Día 8

TIPS para saber si es un AMIGO VERDADERO

1. Se queda contigo los domingos.
2. Tiene habilidad de ser actor, se convierte en tu psicólogo, y te apoya.
3. Tiene la gran habilidad de hacerte reír todo el tiempo.
4. Cuando estás deprimido, no existe un mejor aliado que él.
5. Cuando pelean, parece una crisis matrimonial.
6. Tiene la confianza para tomar cosas de tu nevera.
7. Te defiende de todos y no permite que hablen mal de ti.
8. Siempre se imagina llegar a viejo contigo.

IMPORTANTE: Si tu amigo cumple con al menos 6 de las 8, quiere decir que se trata de un verdadero amigo. Si es así, valóralo y dale mucho amor. ¡Nada es más bonito que una amistad real!

Lección de desprendimiento

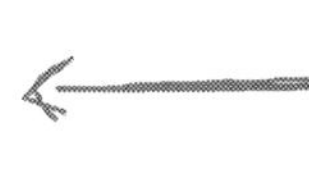

1. Lo que se fue no es necesario, lo que sí es necesario es tener el valor de dejarlo ir.

2. Si te dejaron y no consigues tu vida, crea una nueva. Pero no vuelvas a amar por necesidad.

Día 9

ES MEJOR ESTAR SOLTERO, pero con salud mental, que seguir con una PERSONA que lo ÚNICO que hace es PONERTE LOS CUERNOS para luego decirte: "Me estás asfixiando, me celas demasiado".

Día 10

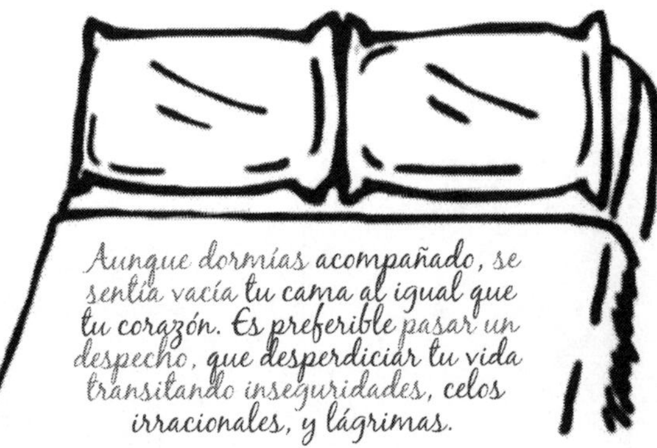

Típico de mejor amiga: Ochenta horas aconsejándola para que luego se vaya a hacer exactamente lo contrario.

EL AMOR VERDADERO es el que te enseña por qué no funcionó antes. El que TOMA TU MANO y te hace sentir en PAZ, el que no se alimenta de ego y sabe pedir disculpas. Si lees esto y quieres una historia así, NO TE DESANIMES, porque en algún lugar del planeta está ALGUIEN PENSANDO EN TI y antes de lo que imaginas, estará abrazándote.

Día 11

Día 12

Sobre el amor:

1. No te maltrata ni física ni mentalmente.
2. Sabe compartir, no es egoísta.
3. Te apoya para que mejores.
4. Es sincero.
5. Te respeta.
6. Es leal.
7. Siempre te impulsa a cumplir tus metas.
8. No pretende cambiarte.
9. Confía en ti.
10. No pelea por dinero.

¡Traten de no enamorarse de alguien que no ha superado su pasado!

IMPORTANTE: Si tu pareja o la persona que te gusta no cumple con esos requisitos, debes saber que se trata de un intento de amor, pero no del amor que te mereces.

Día 13

Día 14

Mira, LAS RELACIONES NO SON PARA PROHIBIR NADA, pero tampoco para verte con otras mujeres y tener sexo casual, o para irte al bar con tus amigos cada noche, mientras yo me encargaba de la limpieza de "nuestro" hogar. Por ésa y otras razones ya no estoy contigo, por favor...

TRATA DE SUPERARLO

YA ESTAMOS A MITAD DE JUNIO... Recuerda tomar decisiones y ser fiel a ellas. Si has vuelto más de siete veces CON LA MISMA PERSONA, algo estás haciendo mal.

Día 15

Cualquier parecido A LA REALIDAD es pura coincidencia

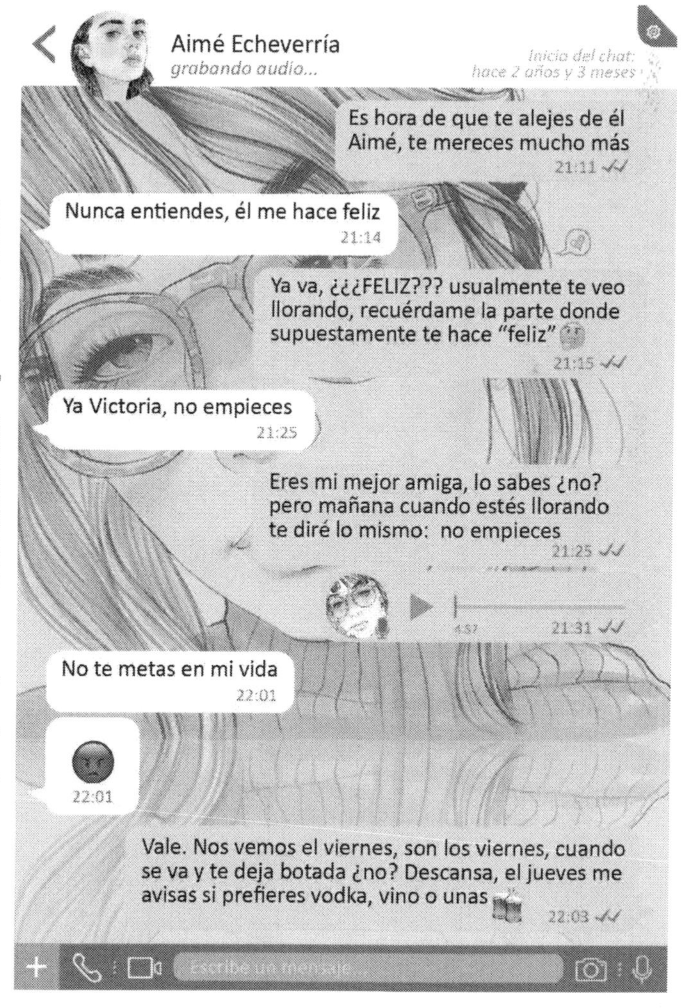

Después de que te piden "TIEMPO"

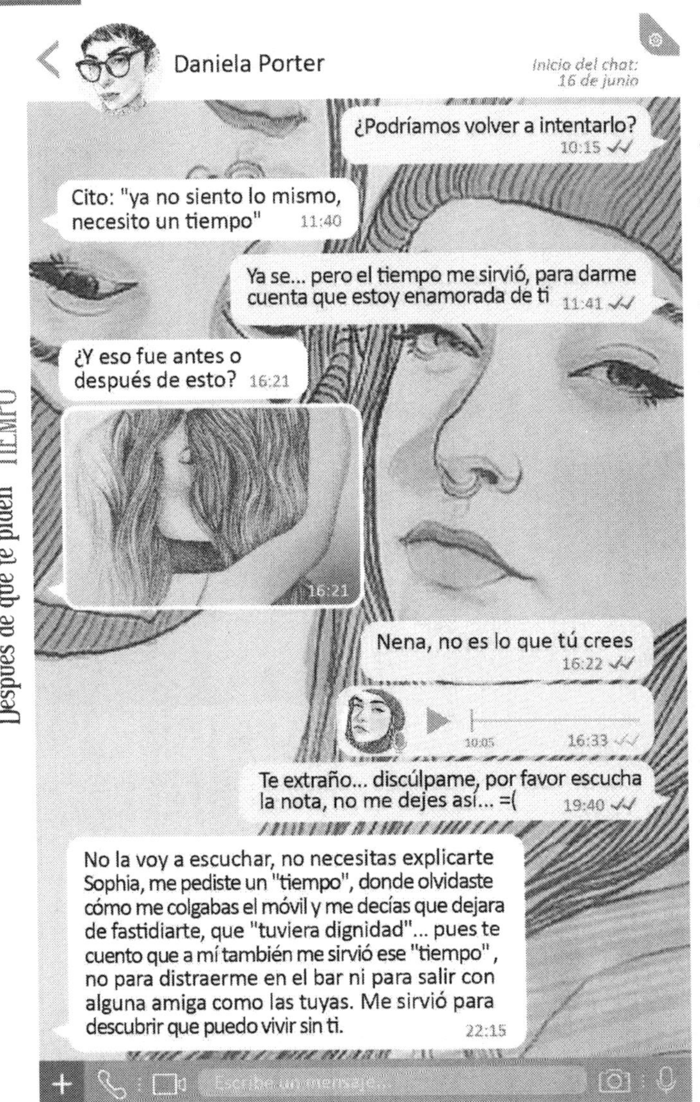

RECUERDEN: No pidan tiempo ni distancia si lo que harán es volverse locos, besar al mundo y, sobre todo, involucrarse con personas cercanas a su ex. Es importante que si piden tiempo sea para pensar y descubrir qué sienten, si no, es mejor terminar.

Día 16

¿No te hace feliz? TE ACONSEJO QUE TE VAYAS, pero no lo hagas vivir de la INSEGURIDAD que LE PROPORCIONAS. Déjalo empezar de nuevo y no continuar con un AMOR A MEDIAS. Es mejor DECIR ADIÓS, que vivir fingiendo que NO PASA NADA.

Día 17

Consejos para superar una ruptura

1. Distraerte con tus amigos.
2. Mantener tu tiempo ocupado en actividades que te apasionan.
3. No stalkear sus redes sociales.
4. Repetirte mil veces que lo mejor es lo que sucede.
5. Hacer una lista con tus planes y motivarte.

Día 18

IMPORTANTE: Aunque parezca que la vida se termina cuando una relación llega a su fin, no es cierto. Los días siguen pasando y a veces decir adiós es lo mejor que puede sucedernos. Porque, aunque duela, es más doloroso seguir luchando por algo que no va a ningún lado.

LÉEME cuando quieras BUSCARLO/A:

NO IMPORTA CUÁNTO LO EXTRAÑES. Da igual que te mueras por darle un beso. NO LLAMES. Si sientes que estás enamorada. TE ACONSEJO que te pongas en primer plano, porque te ha fallado demasiado. NO SIGAS MALGASTANDO tus lágrimas en FALSAS NOSTALGIAS.

Día 19

A veces tenemos que pasar por malos momentos para aprender a no confiar en la aparente dulzura, ni en los halagos de alquiler.

Día 20

Antes de COMETER EL ERROR de buscarlo/a

haz este test

1. ¿Lloraste más de diez veces por su culpa durante la relación?

Sí ☐ No ☐

2. ¿Le descubriste alguna mentira?

Sí ☐ No ☐

3. ¿Te engañó mientras estaban juntos?

Sí ☐ No ☐

4. ¿Alguna de sus peleas se convirtió en tóxica de tantos gritos?

Sí ☐ No ☐

5. ¿Perdiste el control de tu ser?

Sí ☐ No ☐

IMPORTANTE: Si tienes al menos tres respuestas afirmativas y todavía decides escribirle, debo decirte que NO es su culpa, ES LA TUYA, por permitírselo.

LAS INSEGURIDADES se traducen en CELOS y ARRUINAN RELACIONES, pero, sobre todo, DAÑAN NUESTRO INTERIOR quitándonos la paz.

Día 21

Día 22

TEST para saber si eres celoso, muy celoso o si sufres de ~~lo que yo sufro~~ celopatía

1. Revisas su celular todos los días (sin que sepa que tienes su clave).
2. No dejas que hable con nadie de su mismo sexo.
3. No lo dejas salir (sin ti) de fiesta con sus amigos.
4. Revisas su historial de navegación.
5. Espías su whatsapp por la PC.*
6. Revisas hasta las publicaciones a las que le da likes y quién le regresa los likes.
7. Revisas los comentarios de sus redes.
8. Cuando lo dejas salir, le pides fotos para asegurarte que está donde te dijo que iba.
9. Tienes rastreado su móvil.*

* Nivel: Dios

RESULTADOS: 1-2 puntos: celosa / 2-4 puntos: muy celosa
4-9 puntos: ~~ve al psiquiatra~~ celopatía

(Si no es tu caso, pero sí el de un amigo/a, envíale esta foto, y dile que pare)

SÉPTIMA REGLA: Si no se dio, NO ERA PARA TI. Si no aprendes a desprenderte, vivirás con cientos de cargas, porque estarás pensando en todo lo que no tienes, en vez de agradecer LO NUEVO QUE ESTÁ ENTRANDO A TU VIDA.

Día 23

NO TE QUEDES con LA PERSONA que te quiere SÓLO cuando PUEDES SERVIRLE de ayuda. QUÉDATE con quien TE QUIERA EN TUS BUENOS Y MALOS DÍAS.

Día 24

nunca olvides que...

En ocasiones las personas que más queremos, son las que suelen decepcionarnos. No te digo que dejes de confiar, al contrario, simplemente sé más precavido. No te sientas mal porque te lastimaron, siéntete feliz porque confiaste y ten limpia tu conciencia. A LA GENTE JUSTA LE VA BIEN, y aunque pienses que te defraudaron, se defraudaron ellos mismos al haber perdido a alguien tan especial como tú.

LÉEME cuando necesites un MENSAJE DEL ORÁCULO:

HAY PERSONAS que se ACOSTUMBRAN a que les den LAS COSAS, esforzándose poco y queriendo grandes resultados, como si fuera UNA EXIGENCIA. Usualmente esas personas están para ti, SÓLO SI LES SIRVES para algún fin en particular y por supuesto, pretenden que les digas "SÍ" a todo lo que pidan; y cuando dices que "NO", en ese instante SE VICTIMIZAN y te hacen sentir como una "MALA PERSONA".

NO LES CREAS, si sabes quién eres los caminos se mantendrán abiertos para ti.

Día 25

Eres especial, no has hecho nada malo y no deberías dejar que te digan lo contrario.

Día 26

Tengo MUCHO por DECIRTE...

LÉEME si te traicionó tu MEJOR AMIGO (A):

A veces nos atamos a un viejo recuerdo, pero LAS PERSONAS CAMBIAN y depende de nosotros vivir tristes o superarlo. ES DIFÍCIL, pero como decía Facundo Cabral: La vida nos libera de cosas y también de personas.

SI LEES ESTO, es porque estás a punto de ESCRIBIRLE, no lo hagas. EL ERROR se confunde CON AMOR y EL EGO con COMPAÑÍA. Disfruta tu INSOMNIO, prende un cigarro y piensa que las despedidas duelen pero que SIEMPRE PASAN.

Día 27

Día 28

SUELE PASAR: No tengo miedo de volver a enamorarme, TENGO MIEDO DE ENTREGARME y que de pronto, la persona que más quiero me traicione y se vaya. Porque LO PEOR DEL FINAL, son las ilusiones rotas, la tristeza y la decepción.

Día 29

Día 30

Toma una copa de vino, busca saciarte en otra adicción, pero no vuelvas a caer en ella o no podrás salir de su cuerpo hasta que el tuyo esté vuelto trizas.

Julio de tomar riesgos

En este mes tienes la oportunidad de emprender el viaje o de estar seguro.

>>> ¿Qué decides? <<<

Recordatorios:

El camino requiere de valor, por supuesto que es difícil, pero considero que tú eres valiente.

¿Qué has logrado en esta mitad de año?

Revisa los OBJETIVOS que te planteaste EN ENERO y escribe a continuación, cuáles de ellos has podido ALCANZAR
(resalta los que faltan todavía)

LA VIDA TE EXIGE MOVILIZARTE, puedes hacerle caso o dormir un rato más. Sin embargo, NECESITO PREGUNTARTE...

realmente ¿qué es lo que quieres?

Te espera un destino increíble, ten paciencia y confía en ti.

Si estás
SEGURO
NO CORRES
riesgos...
pero
la
vida
es ABURRIDA
sin ellos

ESCUCHA TU VOZ INTERIOR, actúa a través de ella, siéntela. Sólo así descubrirás los deseos más profundos de tu espíritu y ALCANZARÁS LA ARMONÍA.

Día 1

Día 2

Permítete ser consciente de lo que te rodea y abrir tu alma hacia las más puras de las conexiones. Cuando descubres que ERES PARTE DE LA VIDA y no sólo una vida más, percibes LAS LUCES de las que nadie te había hablado, pero que siempre supiste que ESTABAN GUIÁNDOTE.

MANIPULACIÓN: Todos nos sentimos inconscientemente ATRAÍDOS a valernos de la manipulación COMO HERRAMIENTA para lograr ciertos objetivos. Pero si has llegado hasta esta página, es para que TRABAJES EN EVITARLO.

Día 3

Día 4

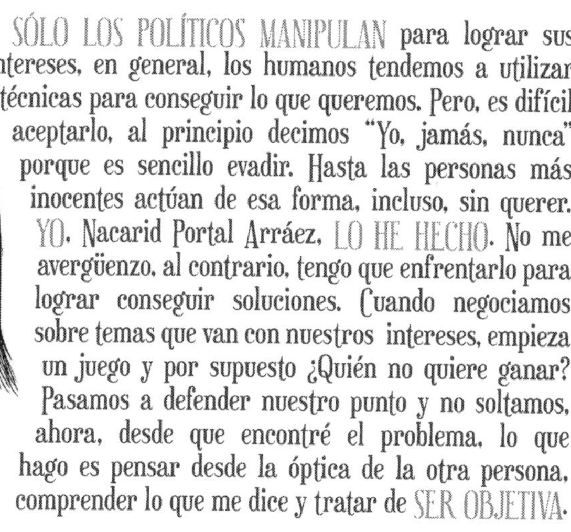

NO SÓLO LOS POLÍTICOS MANIPULAN para lograr sus intereses, en general, los humanos tendemos a utilizar técnicas para conseguir lo que queremos. Pero, es difícil aceptarlo, al principio decimos "Yo, jamás, nunca" porque es sencillo evadir. Hasta las personas más inocentes actúan de esa forma, incluso, sin querer. YO, Nacarid Portal Arráez, LO HE HECHO. No me avergüenzo, al contrario, tengo que enfrentarlo para lograr conseguir soluciones. Cuando negociamos sobre temas que van con nuestros intereses, empieza un juego y por supuesto ¿Quién no quiere ganar? Pasamos a defender nuestro punto y no soltamos, ahora, desde que encontré el problema, lo que hago es pensar desde la óptica de la otra persona, comprender lo que me dice y tratar de SER OBJETIVA.

RECUERDA: No somos perfectos, tenemos errores y la vida en general es para dejar nuestra huella, para colaborar con la obra de arte que representa la existencia, pero sobre todo… para mejorar nuestra esencia y evolucionar.

COMPARACIÓN: Formamos parte de ALGO ÚNICO, nuestra energía no vino a ser mejor que ninguna otra energía, vino a aportar, a crecer, y a maravillarse de las pequeñas cosas. Si malgastas tus segundos con la COMPETENCIA, estarás perdiendo la diversión. Hay juegos en los que ganar es IMPORTANTE, pero en todos, son fundamentales LA DISCIPLINA, el esfuerzo y, especialmente, el amor por lo que se está haciendo.

Día 5

1. Te copias de sus métodos y no le das el crédito.
2. Lo culpas por tus fracasos y te haces la víctima.
3. Lo tienes de referente, pero menosprecias tus talentos.
4. Te molesta su éxito y, cada vez que puedes, tratas de demostrarle que tú eres mejor que él/ella.
5. Le niegas posibilidades y, aunque sepas que algo de lo que tienes pudiera servirle, prefieres guardártelo a compartirlo.

IMPORTANTE: Así tengas sólo uno de los 5 tips, estás contaminando tu espíritu con uno de los sentimientos más negativos que existen. A continuación te daré algunos consejos que así cómo me sirvieron a mí, también podrían funcionarte a ti.

Consejos

1. Te dañas cuando deseas lo que otro tiene, libérate siendo consciente de esos pensamientos y hablando con el Ser superior.
2. Suelta la envidia a través de buenas acciones. Si sabes que estás pasando por un momento negativo de celos, entrégale a la persona que celas algo que sea preciado para ti, llámese oportunidad laboral o lo que sea... Entregando sanarás esa energía.
3. No te preocupes por lo que hace. Si por alguna razón te sientes triste cuando ves sus éxitos, medita y cambia tus energías por bendiciones. Entrégale cientos de bendiciones y purifica tu alma.

Somos humanos y si así lo queremos, seremos víctimas del ego. Siempre podemos mejorar. Nada justifica ser unos envidiosos así que, si me lees, decide ser una buena persona.

Ésta, ES UNA PÁGINA para la DESPEDIDA, para el ENTENDIMIENTO y para las distancias obligatorias:

Día 6

Día 7

Día 8

Nos asusta el mañana y nos volvemos adictos a la compañía, incluso a ésa que es sólo distancia, que es sólo un intento de lo que querías que fuera y nunca fue.

Hay un punto crucial en nuestras vidas en el cual debemos aceptarlo, porque no hay un después. El presente nos lanza fuegos artificiales y tenemos los ojos cerrados por miedo a lo desconocido. Es tiempo de afrontarlo y descubrir que somos capaces de convertirnos en la felicidad que tanto añoramos.

¿Cuánto tiempo no nos quedamos forzando algo por temerle al después?

TE PERSEGUÍ hasta que me dolieron las piernas, hasta que TERMINÉ ROTO y con un montón de CICATRICES. Estuve esperando tanto que fueras SINCERA, que terminaste agotando mis ganas de quererte.

Día 9

Día 10

Espero que NO TE ARREPIENTAS, porque yo, que nunca quería, te quise como si fueras el verano más preciado, pero terminaste por quemarme.

Te quise como el mejor invierno, y terminé muerto de frío. Nunca fuiste primavera, y en este punto, me cansé de esperar. Me convertí en otoño y en la transición me fui sin ti.

PD: Cuando recibas esta carta estaré a kilómetros de lo que quise que fuéramos, ahora entiendo, que nunca existió un nosotros.

Atentamente, Christopher
"Amor a cuatro estaciones"

A VECES puedes extrañar a alguien y EL EGO te IMPIDE escribirle y decirle cuánto le echas de menos. Por eso, si lees este mensaje, NO DEJES QUE EL ORGULLO TE APARTE de lo que quieres.

Día 11

NO TIENES LA CERTEZA de que MAÑANA SEGUIRÁS CON VIDA, ni mucho menos de que la otra persona también. DISCULPAR SIGNIFICA CURARTE, y ENCONTRAR LA PAZ que hoy te falta.

Día 12

En ocasiones, una NUEVA OPORTUNIDAD puede resultar la mejor decisión que hayas tomado.

TOMA UN DESCANSO de lo conocido y BUSCA EN TI las respuestas que no te darán NI UNA PAREJA NI UN AMIGO.

Día 13

¡SUÉLTALO! ¡Suelta cada lágrima y encuentra en tu llanto la fortaleza para el mañana! Está bien no tener ganas y mandar la vida A LA PUTA MIERDA, pero no para siempre. Porque LA VIDA ES HERMOSA y los errores se centran en nuestras decisiones, que son las que van delineando nuestro camino.

Día 14

Porque cada segundo es un regalo
y si encuentras lo que te falta,
no estarás buscando amor
como si eso se vendiera y,
lo pudieras encontrar en la tienda de la esquina.

PARA: La chica de ojos tristes

No sé si te llegará esta carta, pero quería decirte que el sol sale. Sé que lo sabes, pero si aun teniendo esa certeza, prefieres seguir en la oscuridad, permíteme decirte que dentro de ti también tienes luz (para cuando decidas usarla). Me gustaría que te levantaras de la cama y que consiguieras motivos para salir de la depresión, aunque creo que no soy nadie para meterme en tu vida (por ahora). Te espero, tengo muchas cartas para ti y no voy a rendirme hasta verte sonriendo. Por último, te estoy esperando para demostrarte por qué razón con otra persona no funcionó.

ATENTAMENTE, el amor de todos tus futuros

Día 15

Día 16

La vida nos manda pistas, algunas vienen en mi diario y yo se las transmito. Quizás me está leyendo la chica de ojos tristes y una carta la encontró. Yo, simplemente soy el canal. Es éste nuestro diario y de vez en cuando, tiene sorpresas especiales.

ESTE DIARIO ES NUESTRO, es de todas las almas que se animaron a contarme sus historias antes de empezar con el proyecto de Youtube (me pueden buscar como Nacarid Portal) y donde pude crear esta sección titulada:

HISTORIAS CRUZADAS

¿Alguna vez te has sentido tan triste como para pensar en quitarte la vida?

Paola de 18 años, sí. ¿Por qué? Sufrió violaciones por parte de su hermano y cuando intentó decirles a sus padres, la ignoraron por completo.

Día 17

Día 18

Para: Paola
De: Nacarid Portal

Hay injusticias en el mundo, has sido fuerte, muy fuerte. No pongo tu nombre real por respeto a ti, pero sé que no es necesario. No importa tu nombre, lo que importa es quién eres. Eres fortaleza, esperanza, ganas, renacimiento y, sobre todo, ¡inspiración! Sé que a muchas personas les gustaría saber que continuaste con tu vida, que te estás esforzando por salir adelante y ser independiente y que el pasado no afecte en tu futuro. Por eso es por lo que trabajas día tras día, por tu presente, porque te espera una existencia maravillosa; además, contarnos lo que te pasó y saber que lo superaste, ayudará a miles de personas. Sigue fuerte, y gracias por servir de ejemplo para el resto.

HISTORIAS CRUZADAS ¿Te ha pasado, que la amistad te salve?

Pues así le pasó a Viviana, cuando estaba a punto de perderse, su mejor amiga se convirtió en salvavidas. ¡Gracias a la amistad!

Día 19

Día 20

Como MORALEJA de esta historia, UN ESCRITO de mi autoría...

"Gracias por recordarme lo hermosa que era, justo después de que pisotearan mi autoestima. Gracias por aceptarme cada vez que regresaba rota y todavía más torpe por haber reincidido en el pasado, aunque me hubieras dicho que sería un jodido error.

Todavía recuerdo las veces en las que me escuchaste, la misma historia, la misma tontería, el mismo idiota. Gracias, porque no necesito tener cientos de amigas, tú vales por mil".

PARA: La chica de ojos tristes

ella no sabe
que era hermosa,
y yo estoy enamorado
de sus vacíos.

Le hago cartas a destiempo para que las vea por casualidad. Lo hago para recordarle que puede, que es la flor, que es el comienzo después de la despedida, que es el libro que lees un montón de veces, y que es preciosa, aunque le hayan hecho creer que no.

ATENTAMENTE, el amor de todos tus futuros

Día 21

Día 22

Porque ALGUIEN TE ESPERA, o tal vez, ya te encontró. Si es así, ENTENDERÁS LO BONITO de algunos besos que se convierten en ESTRELLAS y nos hacen sentir que VIVIMOS, que estuvimos dormidos durante muchísimo tiempo, pero ahora, estamos despiertos.

HISTORIAS CRUZADAS Consejo de Alma para su mejor amiga (36 años, de Costa Rica)

"Soy tu amiga y te seguiré queriendo, aunque tomes una mala decisión, lo único que te pido es que leas mi último consejo antes de actuar: No olvides cuánto te hizo sufrir".

Día 23

¿Escuchar o ignorar? ES UNA DECISIÓN DIFÍCIL. Creo que las personas que nos quieren siempre tratarán de cuidarnos y que ES IMPORTANTE TOMAR EN CUENTA SU OPINIÓN y aunque al final, hagamos lo que queramos, sepamos tratar a esa persona con RESPETO y no con el típico: "Coño, qué fastidio, no te metas más en mi vida".

Día 24

EL PROBLEMA de IGNORAR LOS CONSEJOS es que, cuando terminamos como Christopher, llorando y triste, nuevamente necesitamos a esos amigos que dejamos a un lado por no querer escuchar las verdades que tenían para ofrecernos.

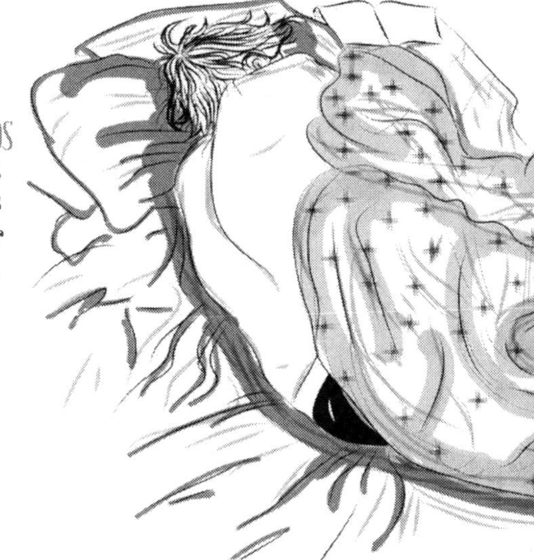

SE ESTÁ ACABANDO EL MES y sigo escribiéndote por todas las veces que pisaron tu autoestima. SIGO ESCRIBIÉNDOTE porque necesito que sepas que pronto saldrás del hueco en el que caíste, que QUIERO AYUDARTE a que abras las ventanas, a que consigas las llaves y sueltes las cadenas que te impiden VOLAR TRAS TUS SUEÑOS.

Día 25

Día 26

HAZ UNA LISTA con todo lo que NO PUEDES HACER

1.
2.
3.
4.
5.

lista de nacarid portal

1. Cocinar
2. Bailar
3. Cantar
4. Estar tranquila

Ahora OLVÍDATE DE TODO ESO. ¡AMO BAILAR, aunque no lo haga bien! CANTO con todo mi ser, aunque espante a los pobres pajaritos, y COCINO unas increíbles hamburguesas y perros calientes, y si estoy de buen humor, también te puedo hacer pan con huevos fritos. ¡AL CARAJO CON LO QUE NO PODEMOS, si queremos lo logramos, es ésa la ley de la vida!

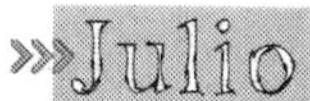

LÉEME en una tarde de SOLEDAD:

Cuando AYUDAS a otros estas más cerca de tu OBJETIVO, no viniste a demostrarle a los demás que puedes hacerlo, VINISTE A CAMBIAR VIDAS, a tocar ALMAS, a tender tu mano, a volver al camino después de perderte y a LEVANTARTE de cada fracaso.

Día 27

Día 28

EL ÉXITO se consigue a través de las acciones positivas, así que... NO LE CREAS a quien te diga que debes ser egoísta para alzar el vuelo, tampoco es cierto que necesitas estropear el camino de los demás para ser "EL MEJOR". Para mí, el mejor es aquel que va mucho más allá de sus intereses personales, aquel que convierte en su misión de vida, la acción de ser un SUPERHÉROE y salvar muchas almas.

NO IMPORTA CUÁNTO TE CUESTE, no dejes lo que quieres. Abandonar los sueños, es convertirte en un fracasado. FRACASAR NO ES FALLAR, ni que -en algún momento- te digan que no. Fracasar ES DEJAR DE INTENTARLO. ¡Todavía quedan cinco meses del año y CREO MUCHÍSIMO EN TI!

Día 29

Día 30

Tus tristezas o alegrías **dependen** de ti.

LÉEME después de un día de mierda

Que la vida no es bonita siempre, que hay días malos en los que no sabes ni por qué saliste. Que nos defraudarán las personas a las que más ayudamos y que después de estar en las nubes, nos caeremos de golpe. Aja, sí, pero también es cierto que podemos decidir reponernos, pintarle el dedo a los que nos fallaron y convertir un día de mierda en una noche de reflexión.

¡Estamos en LA SEGUNDA MITAD DEL AÑO! Y en esta página vamos a analizarnos para así comprender el RESULTADO que HEMOS OBTENIDO.

Día 31

repasa todas las listas de objetivos, metas y cosas a mejorar

¿Conseguiste emprender tu proyecto y expandirte?
Sí ☐ No ☐

¿Has logrado tus objetivos?
Sí ☐ No ☐

¿Has logrado administrar mejor tus ingresos?
Sí ☐ No ☐

¿Qué cosas quieres mejorar en esta primera mitad de año?

* Puntualidad
* Mi amargura
* Tiempo para descansar
* Divertirme
* Exigirme más
* Dejar a un lado mis miedos

¿Y TÚ?:

Agosto
de
Amor
a cuatro
estaciones

16 Agosto

Porque CUANDO ENTIENDES QUE NO AVANZAS, que sigues forzándolo, pero no vas a ningún lado. Sólo TIENES DOS OPCIONES: la primera es SEGUIR y OLVIDAR la realidad, pero así, terminarás perdiéndote. La segunda, es SER FRANCO y COMPRENDER que algunos amores no estaban destinados a acompañarte toda la vida.

Día 1

Día 2

SOBREVIVÍ cuando me dijiste "TE AMO" y te fuiste con él. Sobreviví a cada una de tus MENTIRAS y aunque fue difícil, APRENDÍ.

YA NO CEDO ante el placer culpable de querer lo que me mata y seguir como idiota llamándote "AMOR".

Atentamente, Christopher.
"Amor a cuatro estaciones"

EL DESAPEGO no será sencillo. Considera que, SI CREES y confías en ti, LOGRARÁS DEJAR IR.

Día 3

DESPRENDERSE, aunque es doloroso, te llevará a una mejor versión de ti. Tu comodidad depende de la capacidad que tengas de VALORARTE y de RECONOCER tus errores para TRABAJAR día tras días por solventarlos. Por mejorar. Por no minimizarte ante una despedida.

Día 4

deja el mal humor

deja a un lado la envidia

suelta la negatividad

suelta tu miedo a la soledad

Dejar...Soltar... cualquiera que sea tu acción, DESPRÉNDETE

14e Agosto

LO QUE NECESITO DECIRTE: No te olvido porque disfruté el tiempo que pasé a tu lado, porque ERES MUY HERMOSA para destinarte al cajón del pasado. Pero me lastimaste tanto que siento que tomé la decisión correcta. Te respeto y te deseo lo mejor, pero no creo que lo mejor sea tenerte dentro de mis sábanas y mucho menos, como la dueña de MI CORAZÓN.

Día 5

Día 6

Vivimos dentro de un pequeño espacio y lo llamamos "tal vez". Sabía que era incorrecto, pero tú eras el mundo que quería, aunque estuviera mal. No sé si lo sentiste como lo sentí yo, pero había algo en ti, algo en tu esencia...

...que me hizo creer que estábamos predestinados y luego, tuve que aceptar que tenía que dejarte ir. Tus ojos siguen recordándome ese universo que creaste para nosotros con cada uno de tus besos.

"Amor a cuatro estaciones"

Agosto

TODAVÍA TE RECUERDO sentada en mi balcón. DIBUJABAS nuevos COLORES en mis amaneceres y terminaste convirtiéndote en MI PAISAJE IDEAL.

Día 7

Día 8

¿SABES?

ERES la brevedad más bonita del mundo y, aunque fue corto, VALIÓ LA PENA.

Agosto

ESTABAS CONMIGO esa noche cuando el cielo nos habló y ENTENDÍ QUE ERAS LA ETERNIDAD, supongo que LAS ESTRELLAS trataban de explicarme otra cosa, y yo no quería escucharlas. En cambio, observaba tus labios y NO PODÍA SINO ROBARTE UN BESO, y luego otro y así…

Día 9

Día 10

"Hay belleza en lo efímero y el momento vale más que saber cuánto durará.

Christopher, recuerda que la existencia es sólo una lección de desprendimiento, y el amor sólo es amor, cuando se ama en libertad":

Lo entendí después, cuando se me hizo jodidamente difícil, despedirme de ti.

"Amor a cuatro estaciones"

OCTAVA REGLA: TE MERECES A ALGUIEN que te quite LAS DUDAS con SEXO, que te haga sentir especial con DETALLES, y que te diga sin palabras, lo afortunada que es por tenerte.

Día 11

NO ACEPTES MENOS, porque alguien en alguna esquina de ESTE PLANETA, se muere por estar contigo y hacerte sentir que eres LO MEJOR DE SU VIDA.

¡ERES HERMOSA hasta cuando tus partes rotas corren de ti!

Día 12

NO TE SIENTAS SOLA porque no estoy contigo. CADA NOCHE cuando me pienses, TE ESTARÉ PENSANDO, y cuando no puedas dormir, recuerda que TE QUIERO, que nunca dejaré de hacerlo, aunque no esté contigo.

Día 13

LÉEME cuando estés triste porque me fui

¿Qué ha sido de ti? Es 13 de agosto y quisiera saber cómo has estado. ¿Eres feliz? ¿Conseguiste lo que tanto buscabas? Ojalá que así sea, pero de igual forma... quiero que sepas, que, aunque todavía no lo consigas, tengo la certeza de que lo encontrarás.

Cuando estés triste porque me fui, recuerda que tenía que hacerlo, la vida me exigía seguir adelante. Recuerda que te querré siempre, pero el amor es libre y en ocasiones se queda, aunque esté lejos físicamente.

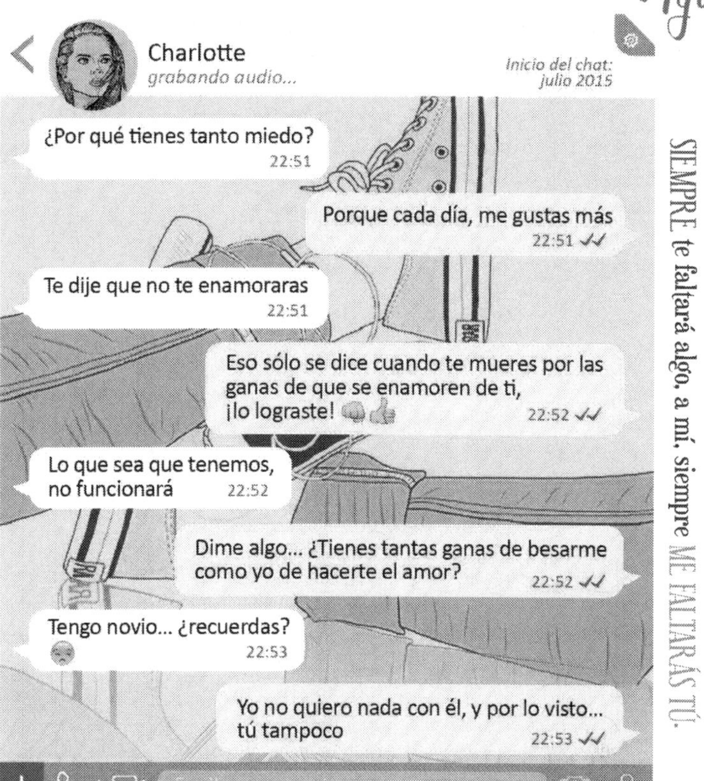

SIEMPRE te faltará algo, a mí, siempre ME FALTARÁS TÚ.

Día 14

Día 15

16 Agosto

¿SABES ALGO? Me importa una mierda SI SIGUES con una persona que no te hace feliz. Lo que vivimos no puede quitárnoslo nadie, NI SIQUIERA TU COBARDÍA.

Día 16

Día 17

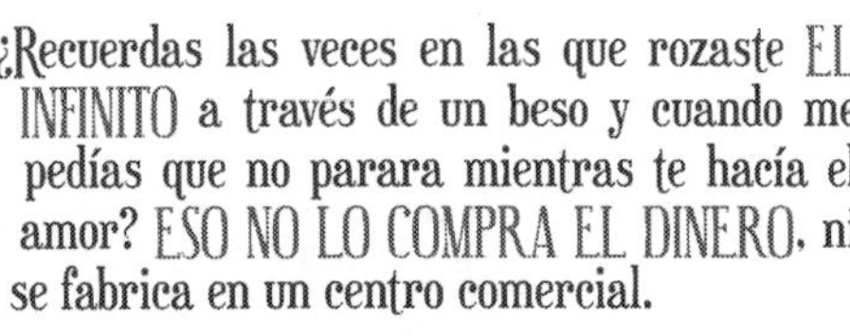

¿Recuerdas las veces en las que rozaste EL INFINITO a través de un beso y cuando me pedías que no parara mientras te hacía el amor? ESO NO LO COMPRA EL DINERO, ni se fabrica en un centro comercial.

TE QUEDASTE EN MI CORAZÓN, en mis pensamientos y en mis sueños. Pero NO TRATES de volver a mi vida, porque NO SOY TAN TORPE como PARA VOLVER CONTIGO al lugar donde nunca estuve.

Día 18

Día 19

Me dijiste "NO TE ENAMORES DE MÍ" y ya estaba como un idiota, enamorado de la imposibilidad que se esconde detrás de tu ropa, dispuesto a demostrarte que podía hacerte feliz. Me decía que ya era suficiente, que no podías seguir viviendo detrás de la tristeza, y eso era lo que te ofrecía tu vida. El tiempo ha pasado y ambos actuamos bien, naufragamos en un mundo nuevo, y nuestro "tal vez" nos hizo conocer de cerca nuestros defectos y convertirnos en espejos para así, hacernos mejorar.

"Amor a cuatro estaciones"

MUY PRONTO "Shantal" Te hechizará EN MI NUEVA SAGA "500 veces tu nombre"

Agosto

ES UNA LUCHA CONSTANTE, pero pocos entienden que ES INTERNA, no contra el exterior.

Día 20

Día 21

PELEAMOS CON NUESTRO EGO, con la ENVIDIA, con las palabras mal dichas, con la FALTA DE HUMILDAD, con la IMPACIENCIA, con el ORGULLO, con nuestros MIEDOS, con la INJUSTICIA, con la mediocridad de postergar nuestros sueños, con la sociedad que nos trata como marionetas, con las personas que nos juzgan y con las que juzgamos.

¿Te Tomarías un café conmigo a Través de la distancia?

Día 22

Día 23

Pensarás que ESTOY LOCA, sí, PUEDE SER. Quiero disfrutar este café contigo y tratar de contestar todas tus preguntas. Sé que te han pasado cosas malas, que quieres que te ayude a atravesar un mal momento, que piensas que la vida no tiene mucho sentido o no le ves la salida. Me ha pasado, es un golpe en la cara o más bien, muchos golpes seguidos. Si te duele, estás vivo y tienes una manera de cambiar tu situación. Mi café sigue caliente, son las 11:00 p.m. y tengo necesidad de saber qué haces… de saber SI MIS PALABRAS TE AYUDARON, porque aunque no lo sepas, TÚ ME AYUDAS A MÍ.

Nacarid Portal Arráez

¿A qué eres adicto?

NOMBRA 6 ADICCIONES (sin mentirte a ti mismo)

1. ______
2. ______
3. ______
4. ______
5. ______
6. ______

Día 24

Ahora INTENTA BAJAR LA DOSIS de adicción y NO PORQUE YO TE LO DIGA, hazlo por ti y demuéstrate que tienes el control de tu vida.

Día 25

HAY ADICCIONES QUE APLASTAN NUESTRO ESPÍRITU, puede ser que no nos demos cuenta o que le restemos importancia, eso no quiere decir que esté bien. Pensamos que controlamos la adicción y quizás no es así. Una pastilla para dormir, un par de botellas cada semana, un poco de marihuana todos los días, seis tazas de CAFÉ, una caja de cigarrillos, ser el amante de alguien, vivir en una relación que es una mierda pero que al menos es tu relación… ¡Las adicciones SUELEN ESCONDERSE en situaciones sencillas para pasar desapercibidas!

ACÉPTATE tal cual como eres, y no dejes que otros te JUZGUEN por tu PREFERENCIA SEXUAL.

Día 26

Día 27

LA VERDAD TE LIBERA de las falsas caras, del antifaz permanentemente cubierto por capas de invisibilidad. Aceptarnos es mirar al mañana con paciencia, y no perder la vida nadando en los recuerdos del pasado. Aceptarnos es no pedir permiso para querer y no tener miedo al qué dirán.

SI AMAS DE VERDAD, no importa si es pobre o si es rico. No importa si es negro o blanco, gordo o flaco, hombre o mujer…

Importa que TU CORAZÓN LATE A MIL POR HORA y que duermes feliz cada noche, porque te sientes afortunada de haberle encontrado.

Agosto

NO LE TENGAS MIEDO a los cambios, ni te quedes cuando TU ALMA te pide retirarse. NO TE OLVIDES que la PASIÓN por TUS SUEÑOS te llevará a LA FELICIDAD. ABRE LOS OJOS para que, de tanto vivir haciendo planes a futuro o llorando por lo que se fue, no vayas a perder de vista AL PRESENTE.

Día 28

Día 29

LÉEME cuando te preguntes qué ha sido de mi vida:

Seguí adelante, crecí, me conocí mejor y acepté que mi hermano murió porque había terminado su labor. Él me enseñó que la vida debe ser más que las adicciones y que hay muchas maneras de ser felices sin maltratarte. Charlotte, he mejorado, y cada día sigo intentando ser un mejor hombre. No me arrepiento de lo que vivimos, conocerte me enseñó sobre el amor y tú, me enseñaste sobre la vida. Todo sigue en movimiento y nuestra historia sigue siendo amor, aunque no te pida un beso y aunque ya no nos pensemos de esa manera.

Hay historias de amor tan hermosas, que aunque no duren para siempre, jamás se olvidan

Te encuentras en el LUGAR CORRECTO, y debes apostar ahora por LO QUE QUIERES, o lo lamentarás mañana.

Día 30

Día 31

Un amor sano / Buena suerte / Honestidad / Una vida saludable
Septiembre
de (MENOS) palabras
y (MÁS) acciones
Cambios / Viajes / Culminación de proyectos

Recordatorios:

Cosas por mejorar...

¿Qué aprendiste de agosto?

Septiembre

Ella se toma su tiempo, él ya tiene a alguien más.
Ella luchó por su amor, él le pidió espacio para pensar,
necesitaba libertad.
Ella lo llamaba, él no contestaba.
Ella lloró y no quiso compañía,
él tuvo muchas nuevas amantes en esos días.
Ella, después de un tiempo, logró superarlo.

Día 1

Día 2

Él REGRESÓ ARREPENTIDO y con un ramo de rosas. No consiguió a la misma que dejó tirada por los rincones, consiguió a alguien independiente y fuerte, que por supuesto, no quiso volver.

LO QUE NECESITAS saber

ERES CAPAZ, aunque pienses que no. LA GENTE que te maltrata TIENE INSEGURIDADES. No te quedes anclado a sus humillaciones y ALZA LA VOZ. Pide AYUDA y NO SEAS VÍCTIMA de engaños perpetuos. Te llaman "perdedor", pero ERES DE LOS QUE GANAN.

Día 3

Día 4

Eres tonto, es realmente inmaduro pensar que eres mejor que los demás.

Septiembre

Pasa que, en ocasiones, QUEREMOS REMEDIAR las palabras mal dichas, pero aunque A VECES SE PUEDE, en otras oportunidades es demasiado tarde.

Día 5

Día 6

lista de cosas por mejorar

de Nacarid Portal

1. Cuidar mis palabras.
2. Ser paciente.
3. Tomarlo con calma.
4. No comer tantas hamburguesas.

LA PRIMERA es la que más me ha costado, tengo que aprender a no hablar más de la cuenta, a cuidar mis palabras y a pensar antes de decirlas y, según mi pareja, debo evitar comer tantas hamburguesas.

NOS VOLVEMOS VÍCTIMAS de nuestros problemas en vez de tomar el control. Somos esclavos de NUESTROS SILENCIOS, presas MÁRTIRES de nuestros MIEDOS. LA TRISTEZAS que se guardan se convierten en los cuchillos que VAN MATANDO NUESTRAS GANAS.

Día 7

Día 8

LLORAR NO ESTÁ MAL. Lo que sí está mal es fingir sonrisas. Porque LAS MIRADAS MÁS BONITAS son las que también tienen nostalgia, las que han sufrido y en vez de volverse malas, han crecido a través de su sensibilidad. Si es tu caso, si te duele el alma, pues LLORA... SIÉNTELO, el corazón tiene sus motivos y no podemos sobornarlo.

Tus lágrimas me dicen que eres real, auténtico y sobre todo... mágico.

NOVENA REGLA: Lo que das regresará a ti, tarde o temprano.

Día 9

Ella es de las que olvidan lento y en soledad, pero cuando por fin lo logra... jamás regresa.

Día 10

Si lastimaste a una persona maravillosa y después de perderla, buscas el perdón. Es muy posible que ya sea muy tarde, y que, aunque te perdone, no pueda estar contigo. Esto pasa en cualquier situación, excepto con una madre, ellas, por más que las lastimen, siempre darán la vida por sus hijos. Si me lees, la regla más importante que debes aplicar, es respetar a la mujer que te dio la vida y nunca alzarle la voz, ni la mano.

RECUERDA una vez más, que todo lo que entregas, será lo que el universo te devolverá.

EL AMOR es el sentimiento MÁS BONITO que existe y es mejor SER VALIENTE y FELIZ, que vivir con mentiras, y con tristeza acumulada POR FINGIR ser alguien que NO ERES.

Día 11

Día 12

Porque CUANDO AHOGAS TUS DESEOS CON la cuchara de la MENTIRA, todos los días parecen el mismo y aunque tengas éxito profesional... internamente siempre te faltará algo.

TEST DE PERSONALIDAD del Dalai Lama

Tu verdadero yo

(Pide un deseo antes de empezar)

INSTRUCCIONES: Contesta el cuestionario en el orden que se te va preguntando. Sólo hay cuatro preguntas, no veas las respuestas antes de terminar (NO HAGAS TRAMPA). ¡Haz cada ejercicio con conciencia!

1

Ordena los siguientes 5 animales de acuerdo con tu preferencia:

A. Colibrí ☐

B. Caballo ☐

C. Mariposa ☐

D. Perro ☐

E. Pájaro ☐

2

Escribe una palabra que describa cada uno de los siguientes elementos:

A. Perro ____________

B. Gato ____________

C. Rata ____________

D. Café ____________

E. Mar ____________

3

Piensa en alguien que también conozcas y que sea importante para ti,y que puedas relacionar con los siguientes colores:

A. Amarillo ____________________

B. Naranja ____________________

C. Blanco ____________________

D. Rojo ____________________

E. Verde ____________________

(No repitas tu respuesta dos veces, nombra solo una persona por cada color)

4

Indica TU DÍA FAVORITO de la semana: ____________________

¿TERMINASTE? Ve tu resultado en la siguiente página, pero antes de verlo...

repite Tu deseo

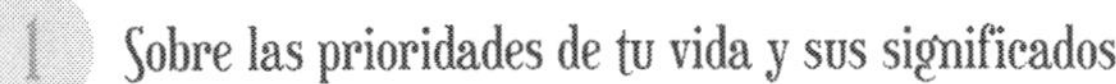

1 Sobre las prioridades de tu vida y sus significados:

Carrera

Orgullo

Amor

Familia

Dinero

2 Sobre los elementos y sus significados:

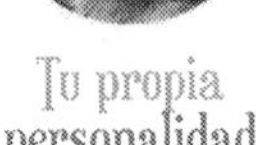
Tu propia personalidad

La personalidad de tu pareja

La personalidad de tus enemigos

Cómo interpretas el sexo

Describe tu propia vida

3 Sobre los colores y sus significados:

Alguien que jamás vas a olvidar

Alguien a quien puedes considerar tu verdadero amigo

Tu alma gemela

La persona que realmente amas

Una persona que recordarás por el resto de tu vida

4 Esta última parte sobre los días de las semanas si la escribí yo:

(Espero que lo hayan disfrutado)

OJO: lo saqué del internet. Me estaba preguntando, ¿qué le gustaría a Nacarid, tener en un LIBRO/DIARIO? y así llegué a esta decisión, ALGUNOS TESTS nos serían de utilidad.

Lunes: no te gusta postergar.
Martes: tu extrañeza enamora.
Miércoles: buscas siempre un punto medio.
Jueves: tienes una personalidad detallista.
Viernes: personalidad alegre.
Sábado: eres estable con tus deseos.
Domingo: disfrutas sentir nostalgia.

SI TIENES ESPERANZA en tu sueño y lo visualizas como una REALIDAD, es seguro que lo consigas.

Día 13

Día 14

5 datos sobre el cerebro que pueden mejorar tu vida

1. El trabajo mental no cansa al cerebro, así que cuando sientas cansancio de ese tipo, debes saber que se trata de las emociones, son ellas las que te están agotando y puedes reaccionar.

2. El cerebro se queda con los pensamientos que más vienen a tu mente, es decir, si un tema está presente aparecerá en tus sueños porque, estás trabajándolo en piloto automático. Es por eso que cuando tienes un problema y no logras liberarlo, en lugar de solucionarlo, lo esparces. Una vez que sepas esto, cambia de pensamiento y decide qué olvidar.

3. El cerebro necesita ejercicios igual que nuestro cuerpo, puedes ejercitarlo a través del aprendizaje, los deportes, el sueño, los viajes, el baile, la lectura y los juegos.

4. El cerebro funciona más cuando estamos dormidos.

5. Podemos conseguir cualquier cosa a través del cerebro. Eso no es un mito, es real. Mentalízate en cómo te ves, en qué quieres, y sobre todo, trabaja para lograrlo y es un hecho que lo obtendrás.

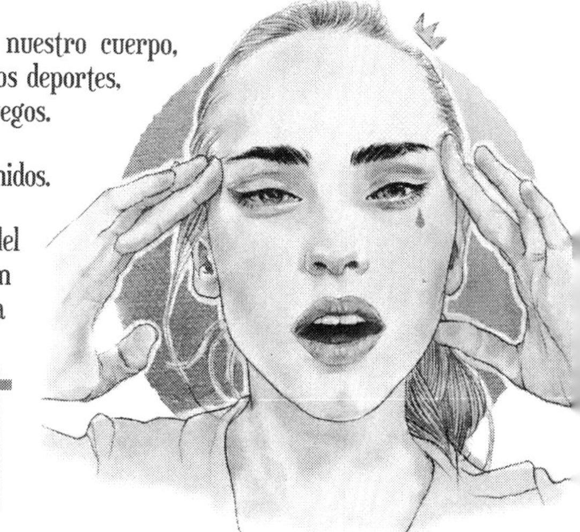

Pensar abre mundos, esos mundos son sueños, y esos sueños descubren que están a un paso de hacerse realidad: ¡HAZLO!

LA LASTIMARON TANTO que dejó de confiar, cambió su INOCENCIA por SABIDURÍA, y ya no cae porque le pinten estrellas en papel. Ahora VALORA LAS ACCIONES y no se deja llevar por el dinero. APRENDIÓ a ser independiente, a cuidar de sí misma, y A EXIGIRSE más cada día.

Día 15

Día 16

Ella...
Era superficial,
se enamoró de un patán,
le rompieron el corazón,
la engañaron con miles,
le dijeron que su lugar era en casa,
le aplastaron sus sueños,
la humillaron, y tocó fondo.

TOMÓ UNA DECISIÓN: abandonó su estabilidad económica, y cuando pensó que no tenía nada, entendió que lo tenía todo, que era autosuficiente.

Septiembre

NO TE QUEDES en el lugar equivocado o TERMINARÁS CREYENDO que eres parte de él. QUE ERES PARTE DE LA VIDA QUE NO QUERÍAS, de la vida que aceptaste porque TENÍAS MIEDO de no lograr algo mejor.

Día 17

Día 18

Preguntas para saber si vives dentro de tu zona de confort

¿Haces amigos con frecuencia, o tienes los mismos de la infancia y no necesitas más?

¿Haces alguna actividad extra, que no tenga que ver con tu trabajo o estudio? Si la respuesta es sí, ¿cuál es?

¿Cuántos viajes haces al año?

¿Tienes una rutina semanal? Si es así, ¿cuál es?

¿Tienes algún sueño que no has cumplido, porque no te sientes capaz de lograrlo? ¿Cuál es?

EVALÚA TUS RESPUESTAS, pero aquí te dejo, algunos consejos:

Diviértete y si tienes el sueño de ser cantante, ¡canta! Hazlo, aunque no seas bueno porque un pasatiempo que te gusta te hará vivir repleto de felicidad.

Dedica tiempo para ti mismo, o no vivirás realmente. Ocupa tus instantes en encontrar almas nuevas y aprender de ellas. Quien no se anima a nutrirse de las actividades deportivas, artísticas, de los idiomas, o de lo que sea... se mantiene sin nuevas herramientas y vive sobre seguro.

DE TU BOCA salen maldiciones y te escucho a lo lejos: –Maldita sea, qué porquería. Gritas sin saber que, al hacerlo, atraes las maldiciones porque ésa es UNA PALABRA llena de males. Sí, LOS MISMOS MALES QUE AHORA PROTAGONIZAN TU VIDA.

Día 19

Día 20

Quiero decirte que DEJES DE ESTAR TAN MOLESTO CON LA VIDA. Si hay alguien con quien tendrías que estar molesto es contigo. ¿Por qué te sientes tan infeliz? ¿Por qué sigues perdiendo tus días en el trabajo que odias y pagando tu ira con el mundo? Vives acumulando tristezas, en vez de sanarlas. Vives caminando con la mirada perdida, permitiendo que tu vida sea una mierda porque no te atreves a cambiar.

Sigues donde te mueres cada segundo, porque no has comprendido que debes atravesar los problemas para superarlos. Mientras te mantengas allí, estarás huyendo de ellos.

Él es "Thiago" y forma parte de MI NUEVA SAGA "500 veces tu nombre"

ESTA PÁGINA ES PARA LOS QUE ABUSAN de su poder. QUIERO DECIRLES que lo hacen porque no están contentos con su vida. LO ÚNICO QUE LES GUSTA HACER, ES HUMILLAR para sentirse "mejores", en realidad, para que su ego se sienta tranquilo, porque es él (el ego) quien protagoniza sus momentos funestos mientras los días pasan y pasan y su verdadero ser, SE MANTIENE ESTANCADO.

Día 21

Día 22

No es tarde para reconocer tus heridas, para convertirte en una persona mejor y ayudar a otros en vez de pisotearlos. Debo explicarte, que estás perdiendo tu camino pero puedes lograrlo, pues de cada extravío se aprende y de cada dolor se puede renacer.

Porque cambiar de actitud, puede cambiar tu vida

DEJA DE CULPAR A OTROS, la culpa es tuya. ¡AFRÓNTALO! ¡Supéralo! ¡Aprende! Asimílalo ahora que todavía estás en la tierra, porque después de que te vayas, será triste que observes cómo caminaste con amargura en vez de descubrir que la felicidad nos convierte en luz y la luz, es la verdadera vida.

Día 23

Día 24

Sí, te estoy hablando a ti. NI SE TE OCURRA PENSAR QUE ES CASUALIDAD. Empieza a ser mejor ahora y a tomar las decisiones correctas. Si lastimas o permites que te lastimen y no haces nada al respecto, nunca descubrirás el verdadero significado de la felicidad. Porque no es tóxica, ni enfermiza, ni mucho menos mártir o idiota.

Cuánto NOS CUESTA DESPRENDERNOS de lo que no nos conviene, de lo que no sirve, de lo que nunca más volverá a funcionar. Si me lees RECUERDA por qué te fuiste, y SIGUE CAMINANDO.

Día 25

Día 26

consejos para superar la tristeza

1 NUTELLA

CAFÉ y un buen LIBRO

2

3 PIJAMADA y...

4 Mantenerte OCUPADA.

5 DORMIR cuando sea necesario.

6 PELÍCULA DE ACCIÓN (nada de amor).

7 NO REPRIMIR las lágrimas.

8 ESCRIBIR lo que sientes.

9 APRENDER del silencio.

10 CONCENTRARTE en ti, en tu cuerpo y en tu intelecto.

Si estás triste y no tienes a un amigo, quiero que sepas que me tienes a mí, y a este diario, y que superaremos juntos el mal momento.

NO LA QUISISTE cuando pudiste, y AHORA QUE LA QUIERES, está con ALGUIEN MÁS.

Día 27

Día 28

La hiciste llorar y acabaste con sus lágrimas. La dejaste tirada en el mundo que habías creado para hacerla feliz. Se te olvidó lo mucho que te quería y empezaste a maltratarla pensando que siempre estaría para ti. Desfiguraste sus sonrisas, y sus ojos, dejaron de tener luz. Estuviste perdido detrás de tu ego, pensando que nunca se cansaría de ti.

Después de dañarla y romperla en mil pedazos, le dijiste que necesitabas un tiempo para aclarar tu confusión. Pensaste a través de fiestas, las dudas te las quitaron con besos, y ella se enteró. Se quedó en casa buscando lo poco que le quedaba, pero te lo había dado todo, ¿con qué se quedó? No te pidió que regresaras, aprendió del adiós. Lloró hasta que se le quitaron las ganas, y luego… cuando menos lo pensaba, encontró otra ilusión. Cumplió sus sueños, el éxito le abrió sus puertas y cuando la viste feliz, quisiste de nuevo, estar ahí.

Pensaste que la tendrías para siempre detrás de ti, pero ahora, la vida se llama karma y te enseña a despedir. Así que no vuelvas, porque aquella princesa triste, aprendió a ser feliz sin ti.

FRAGMENTO DE MI LIBRO: "Mientras te olvido"

La música, LA VIDA, TUS PLANES, los otros, tu misión. No importa si -de nuevo- te sientes incompleto, nada en el agua de tus vacíos hasta que los conviertas en arte. EL ARTE QUE TE PERMITE SUSPIRAR y VALORAR lo extraño que eres, tanto como valoras tu soledad.

Día 29

Día 30

SEPTIEMBRE SE HA IDO, así como un día también todos nos iremos. Hoy quiero hablarte sobre las situaciones negativas. Algunas de las malas rachas por las que transitamos, sirven para enseñarnos, nos animan a trabajar más duro, a resolver las trabas, a conseguirlo. De pronto, todo está en movimiento, estás en el centro del mundo que creaste y, si eres feliz o no, es gracias a ti. Si prestas atención a los detalles, empiezas a amar la imposibilidad de lo conocido.

La consciencia se rehúsa y de pronto, no quieres encajar. No quieres obedecer lo impuesto, no quieres dejar de sentir. La consciencia te motiva a que te lances hacia lo improbable, que descubras más allá de lo que ves, de lo que te dicen, de lo que siempre te han dicho. Despiertas ante ti mismo y ves con detenimiento: se abre un mundo adentro de tu mundo y se convierte en tu pequeño infinito. Ningún problema podrá derrumbarlo; ninguna otra persona podrá desbaratarte: aunque lo intenten, seguirás siendo mucho más que el conjunto de los pedazos que te conforman. Simplemente, eres con los pedazos unidos o sueltos. Eres belleza en la tristeza, eres la consecuencia de tus errores, y lo que por fin perdonaste para lograr avanzar.

Octubre

De planes con tus amigos

Auto crítica

Objetivos claros

Amor propio

Consciencia

Paciencia

ANOTA AQUÍ UNA LISTA de lo que tienes pendiente:

1. ____________________
2. ____________________
3. ____________________
4. ____________________
5. ____________________
6. ____________________
7. ____________________
8. ____________________
9. ____________________
10. ____________________

____________________ Día 1

____

____

Día 2 ____________________

____

____

Las chicas pueden hacer cualquier cosa...

...y los chicos también

SALUD por esos eternos PUNTOS SUSPENSIVOS que son más reales que MUCHOS MATRIMONIOS.

Día 3

Día 4

EMPEZAMOS EL MES BRINDANDO por esos puntos suspensivos "..." que no son noviazgo pero que tampoco son amigos, y son más reales que muchas relaciones formales. Brindo por esos que no saben si son o si serán, pero disfrutan el ahora como si no existiera un mañana.

PROPONGO UN BRINDIS POR LOS VALIENTES, que se dejaron de formalismos, y se aman sin limitarse. Para los que no necesitan un anillo y siguen ahí, en el medio del puente, queriéndose sin costumbre, y caminando libres.

Por esos amores que no viven esperando una promesa de eternidad

¡PACIENCIA! Las mejores cosas de la vida TOMAN SU TIEMPO.

Día 5

Día 6

NO TE DESESPERES POR ALCANZAR TU OBJETIVO, ni tampoco te desanimes porque te dijeron que no. Cuando de verdad quieres algo, te reinventas, no vives apresurado y tampoco trabajas únicamente por tener éxito. Se trata de ir poco a poco, de disfrutar el comienzo, de observar el paisaje, de querer lo que tienes en lugar de vivir pensando en lo que te falta.

SI NECESITAS UN CAMBIO, COMIENZA CAMBIANDO TU MENTALIDAD. No eres menos ni mejor que nadie, pero para lograr lo que quieres necesitas paciencia y estructura.

NO TE PREOCUPES SI SE TE CIERRAN LAS PUERTAS, tienes millones de llaves y puedes abrir otra mejor, así que ¡ÁNIMO!

DÉCIMA REGLA: El crecimiento no va a llegar de la nada, mucho menos si sigues TODO EL DÍA pegado en tu sofá y DEPENDES DE OTRO en vez de confiar en tus habilidades y DEJAR LA FLOJERA.

Día 7

Lo estás haciendo bien si...

1. TRABAJAS todos los días en lo que deseas.

2. PREPARAS tus objetivos y te encargas de llegar a ellos.

3. Lo que haces TE HACE FELIZ.

4. REINVENTAS tu estrategia cuando los resultados no son los esperados.

5. NO SIENTES ENVIDIA por lo que otros poseen.

6. SABES RESOLVER los problemas.

Día 8

Si, por el contrario, no es así, mi consejo es que te levantes, planifiques tus metas y no te quejes porque tu actitud no es culpa de tu país, ni de la economía. Cada ser humano tiene capacidades para buscar lo positivo de las adversidades y surgir. En mi caso, las posibilidades eran mínimas, vivía y vivo en Venezuela, con una inflación del 1000% (incluso creo que más), trabajaba en una emisora de radio como locutora y los clientes pagaban muy poco (pero querían toda la publicidad), me tocó servirles el café (porque empecé como pasante de producción). Yo, que soy más torpe que nadie, tenía que ir con mi bandejita en mano repleta de vasos de café, pero lo hacía con una sonrisa (excepto cuando me los echaba encima).

Te cuento parte de mi historia para que sepas que ningún trabajo es humillante. Llegará un momento en que tu esfuerzo se verá gratificado, te lo digo porque es cierto y quiero entregarte lo poquito que sé, para que surjas, no puedes vivir dependiendo de tus padres y, mucho menos, de tu jefe. Así que, aprende a depender de ti.

Las excusas te separan de tu objetivo, el trabajo te dignifica y alejarte de él, te estanca.

NO LES CREAS si te dicen que no lo lograrás.

Día 9

Día 10

Una vez, la primera esposa de mi hermano, que para ese momento vivía conmigo junto a mi sobrinita y a mis padres, me dijo: "Tu mamá te consiente mucho y no ve que es inútil, no has llegado a ningún lado. Te compró una tabla de surf y está de adorno, te compró una guitarra y no aprendiste. Te lleva al teatro y a tus clases de arte y también fracasarás". Recuerdo que pasé el día muy triste, pensé que por mi culpa mi madre estaba perdiendo su dinero y que en serio, no lo lograría. Tenía quince años y lloré por todo lo que no había logrado. Lloraba por mis fracasos cuando mi mamá entró en el baño y se metió en la ducha conmigo:

–No quiero que sigas invirtiendo en mí, no puedo lograrlo –algo así fue lo que le dije entre llantos.

Ella me contestó lo siguiente:

–Es bonito que llores, no sé qué te puso así, pero utilízalo de motor. En mi vida no he conocido otra energía como la tuya, la luz que posees no te pertenece, y cuando invierto en ti, invierto en el mundo.

Diez años después, siguen vivas sus palabras. Aunque ella está en el cielo, también está en mi corazón, igual que sus enseñanzas, que no son mías, también son de ustedes, igual que este diario.

Así como cuidas TU APARIENCIA EXTERNA, tómate el tiempo para explorar y ejercitar tu interior para que cada día SEAS UN MEJOR SER HUMANO.

Día 11

Día 12

Cuando tenía cinco años, cursando prescolar, aprendí una lección sobre la sinceridad. Estábamos viendo un espectáculo de títeres en el salón y otra de las niñas preguntó a la maestra si podía ir al baño. (Yo también quería ir al baño, pero era tímida hasta para pedir permiso). La maestra le dijo que no podía salir. Ella volvió a levantarse quince minutos después para volver a preguntar, pero la maestra volvió a negarse. No sé quién estaba más desesperada por ir al baño, si ella o yo. El punto es que me tiré un pedo. No aguanté y se me escapó. Nunca lo voy a olvidar de lo mal que olía y, sobre todo, porque la profesora empezó a gritarle a la otra niña: "Fuiste tú, eres una mal educada, en tu casa no te enseñan nada, asquerosa" (Muy mal por parte de la maestra y por supuesto, peor de mi parte que no tuve el valor de decir que había sido yo).

Ésa fue la primera vez que fui injusta con alguien, mi mamá me encontró llorando cuando llegó de trabajar y era porque no podía con el remordimiento de consciencia. Le conté todo, y me acompañó a clases al día siguiente para confesar la verdad. Creo que la profesora aprendió del regaño y de la clase de psicología que le dio mi madre, pero yo aprendí a ser sincera. Ese mismo día, ella se disculpó con todos los niños, diciendo que no había sido la otra niña, sino otra persona pero que no diría su nombre, porque apreciaba el valor que tuvo al ser sincera.

A VECES es imposible FINGIR UNA SONRISA, y aunque quieras, NO TE SALE. Porque en ese instante, no quieres amigos, familia, nada, ni siquiera soportas tu propia compañía.

Día 13

Día 14

Se te olvida que tienes el infinito detrás de ti. Que hay esperanza cada vez que respiras y que, aunque tengas malos momentos, eres la luz que escondes entre tantas tristezas. Se te olvida que la vida es un aprendizaje constante, y que más adelante agradecerás la caída y la sinceridad de tu mal humor.

TÍPICA PREGUNTA:

¿ESTÁS BIEN?

Lo que decimos ¡SI! Lo que realmente queremos decir ¡NO!

(Pensamos y sonreímos hipócritamente)

Es que coño, a veces lo único que necesito es soledad, que respeten que no tengo ganas de abrazar el mundo y que sólo necesito entender el dolor, canalizarlo, tocar fondo, aprender de lo que sea que tengo dentro y dejar que explote.

Se me da muy bien sacar ventajas de lo negativo, pero cuando no quiero ni tengo ganas de hacer nada, también sé mandar todo a la mierda y dormir hasta sentirme mejor.

Hay días en los que SÓLO QUIERO QUEDARME EN EL DESASTRE, aunque detrás de mí, estén las bendiciones que Dios me dio. NO PUEDO VIVIR EN LA HIPOCRESÍA de traicionar mi alma, porque si quiere llorar debe llorar. ¿O es que tú que me lees, pensaste que es bueno estar bien siempre? PUES NO.

Día 15

Día 16

Así que bueno, ya sabes, SI TIENES UN PÉSIMO DÍA, yo también los he tenido y lo que más me gusta es guardarme en mi sweater con capucha y en mi termo de café.

DESPUÉS DE LA TORMENTA… ¡a recoger el desastre y a comenzar de nuevo!

Día 17

¿NO TE HA PASADO, el sentirte tan feliz, pero tan feliz, que no crees que sea cierto? A mí me está pasando. En esta oportunidad, quiero darte las gracias, porque gracias a que me lees y a tu apoyo, este diario es posible. Eres mi amigo, no sólo un lector.

Dirás, hace dos días hablábamos de las tristezas y ahora del agradecimiento y de la felicidad. Justamente, de eso se trata, de cambiar de estados anímicos, de mantenernos en movimiento, de ser capaces de mudar la piel de nuestro espíritu y de no estancarnos para siempre en el sufrimiento. ¡GRACIAS!

Día 18

Ahora… una pregunta que quiero hacerte

¿Qué cosas te hacen molestar usualmente?

1.
2.
3.
4.
5.

Ahora, luego de que sabes qué te molesta, empieza a someterte a esas situaciones y a probar tu autocontrol.

DUELE QUE NOS FALLEN, pero nos fallamos nosotros mismos cuando, una y otra vez, repetimos situaciones en las que dejamos a un lado EL AMOR PROPIO.

Día 19

Día 20

DEJAMOS QUE NOS MALTRATEN y QUE JUEGUEN con nuestras capacidades, pero nos maltratamos cuando ponemos la vida en un envase de plástico y lo llamamos "TRABAJO". Ahora te pregunto... ¿qué te pasa? Te maltratan y te explotan y vives más triste que feliz. La solución no es quejarnos, mandarlo todo a la mierda y llorar.

MI SOLUCIÓN sería la que les he comentado desde que arrancamos con este diario: planificación, objetivos claros, y motivarnos a través de la acción.

ES EVIDENTE que hay ocasiones en las que todo SE VUELVE NEGRO. Se cierran las puertas y parece que NO PODEMOS SEGUIR. Es entonces cuando probamos NUESTRA VALENTÍA, o simplemente, preferimos ser unos cobardes. No sé ustedes, pero me gusta más TENER CARÁCTER y SOBREPONERME que rendirme.

Día 21

Día 22

¿Cómo te ves en cinco años?

Siempre he odiado esta pregunta, pero quisiera tener mis libros traducidos en todos los idiomas, cruzar cada una de las fronteras, ser la fundadora de mi primer internado, hacer una película increíble de la saga "Quinientas veces tu nombre" y acompañarla de una gira internacional. Pero, si en cinco años no está ocurriendo ¿no me desanimaría? PUES NO, al contrario, ME ESFORZARÍA MÁS.

No importa cuánto te tardes en llegar a la meta,
si disfrutas el camino,
el recorrido será un placer.

EL AMOR es el más bonito de los sentimientos, y si lees esto, ESTÁS DESTINADO A ENCONTRARLO, a enamorarte y a ser feliz de una manera sana.

Día 23

Día 24

Te cedo la ventana y eso es amor,
más que otra cosa,
es darte un pedazo de lo que quiero
porque más te quiero a ti.

ALGUNAS ADICCIONES PERMANECEN,
pero compraste mi necesidad.

Yo ya no busco en lo efímero
pedazos de cielo
con sabor a eternidad.

No busco en lo sublime
de los besos sin amor,
algún indicio del sentimiento
que me llevó a correr,
entre miles de miradas
incapaces de hacerme regresar.

Ya no voy sembrando amor de un día,
que se queda para siempre
en mi adicción a lo tardío,
impregnado de páginas
que no volveré a leer.

Ya no puedo decir que podría volver
a la calle del ayer,
con ganas de rozar algún deseo,
para sonsacar mi soledad.

ERES LOS BESOS de los lunes, los desayunos en la cama, y LOS SUEÑOS con EUFORIA, que pasan a ser MI MEJOR REALIDAD.

Día 25

Día 26

ERES LA NOCHE MÁS OSCURA, el vino más añejo, el café exacto de azúcar que acompaña mi tarde, mi vida, mi tiempo. Y ya no puedo llamarte de otra forma que no sea felicidad.

Porque algunos viajes te transforman, cuando veo hacia atrás recuerdo lo que era sin ti para afirmar que no quiero un futuro, si no es contigo.

La vida nos pide que volemos en direcciones opuestas, que no sigamos frenándonos por no querer decir adiós.

LO ÚNICO QUE NECESITO es alejarme de ti.

Día 27

Día 28

LO SIENTO, lo intenté porque te quiero, y eso no cambiará. Pero, después de debatir con mi interior, decidí que no es sano, no es correcto. No puedo quedarme. No se trata de perdonar o de volver a comenzar, es sólo que hemos perdido la capacidad de repararnos, o quizás, nos dañamos tanto, que ya no encajamos.

ES IMPORTANTE que comprendas que no puedo quedarme; que cuando te llegue esta carta, estaré lejos de ti; que necesito que no me escribas, que por favor comprendas que ya no podemos intentarlo, porque el jodido "una vez más" se murió, lo estoy asesinando ahora mismo... así que ni modo, ya ves, ya no existe. Puede ser que nos veamos luego, porque eres importante en mi vida, pero ahora, estoy mejor sin ti.

Hay GENTE que se DISFRAZA para SOPORTAR el día a día, unos se disfrazan DE AMARGADOS, otros de simples, otros DE GRACIOSOS. A mí me gusta ser yo misma, aunque sea un DESASTRE en las mañanas, TENGA DEFECTOS, vaya muy rápido y necesite una tremenda dosis de café al día. ¿Y tú, te disfrazas o ERES REAL?

Día 29

Día 30

Día 31

SOBRE EL MIEDO ESCÉNICO: Les cuento que yo era muy tímida, era de las que memorizaba textualmente en las exposiciones hasta que mi madre me dijo que eso era de mediocres. Que hablara más alto, que tuviera seguridad y que no iba a permitir que su hija fuera de las que exponían como una tonta. Empezamos a practicar juntas y mi primera exposición sobre "EL SISTEMA SOLAR", me dejó la pasión por la oratoria. No es algo con lo que se nace, al contrario, es cuestión de práctica y empeño. Estamos cerrando un mes, así que les dejo algunos consejos sobre oratoria...

1. OBSERVA A BUENOS ORADORES: escribe que te gusta de ellos, y en vez de copiarlos, ve creando tu propio estilo.

2. ESTRUCTURA: así seas un crack, debes tener un lineamiento sobre lo que quieres expresar, tu tema y qué requieres dejar con tu mensaje.

3. HAZLO CASUAL: conversa con tu audiencia y no seas sobre actuado. La idea es que se sientan en un lugar ameno y no en una clase fastidiosa o en una obra teatral mal hecha.

4. INTERACCIÓN: haz juegos, motívalos a involucrarse con el tema.

5. ENUMERA TUS IDEAS PRINCIPALES: así, no te enredarás ni tendrás que leer (lo peor es leer).

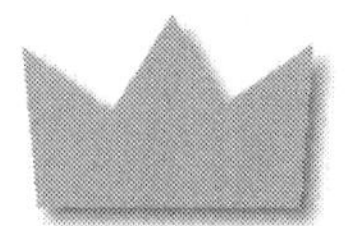

Autoevaluarse
Perdonar
Soltar los miedos

Noviembre de aceptar las críticas

metas del mes

objetivos cumplidos en el año

¿En qué ocupas tu tiempo LA MAYOR PARTE DEL DÍA?

¿Y durante LA ÚLTIMA SEMANA?

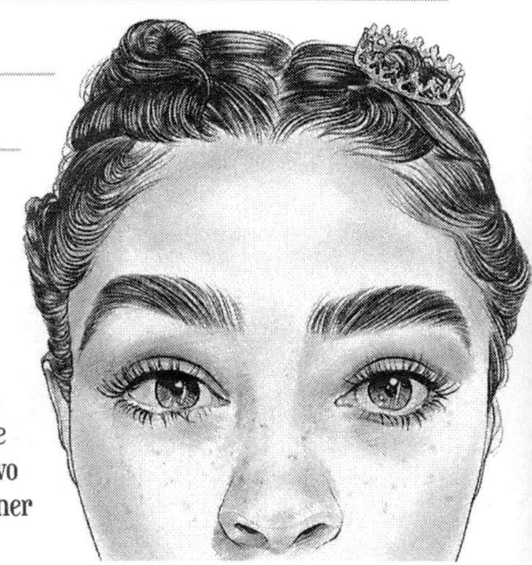

Pues, ahí, radica tu energía. Si pasas la mayor parte de tu vida viendo la televisión, puedes entender por qué obtienes esos resultados. Si pasas tu vida detrás del móvil viendo memes, también ahí tienes una respuesta. Si, por el contrario, pasas la mayor parte de tu tiempo haciendo algo que te gusta y que tiene relación con tu objetivo de vida, en esta época del año deberías tener notorios avances.

RECUERDA: Te van a fallar, SERÁ DIFÍCIL y te dolerá (pensarás que no puedes soportarlo), pero te encuentras en el LUGAR ADECUADO y ESTÁS LISTA para seguir adelante.

Día 1

Día 2

¿Cómo te imaginas al AMOR DE TU VIDA? ¿QUÉ CUALIDADES quieres que tenga?

1.
2.
3.
4.
5.
6.
7.
8.

PARA: La chica de ojos tristes

Sigo buscándote en las estrellas fugaces. Pido conocerte, aunque no sé si vendrás. Es que ha pasado mucho tiempo, y ya no quiero errores, quiero que llegues tú.

ATENTAMENTE,
el amor de todos tus futuros.

EVITA CONVERTIRTE en la ira que te consume, EN LAS TRISTEZAS acumuladas, y en los sueños que no pudiste cumplir.

Día 3

Día 4

7 cosas que tienes que cambiar para conseguir ser feliz

1. Controlar los impulsos.

2. Tener paciencia.

3. Ser organizado con tu tiempo. Puedes beberte la vida y trabajar por tus planes. Puedes salir con tus amigos y hacer tus sueños realidad.

4. Olvidar la dependencia (al alcohol, a las drogas, a las personas, a ser un esclavo del quince y último de cada mes).

5. Valorar lo que tienes, te ayudará a no vivir quejándote por lo que te falta.

6. Controlar la pereza, te permitirá conseguir tus metas en tiempo récord.

7. Amar mucho más y motivarte a través de la energía positiva.

Cuando era más pequeña, lo único que hacía era salir de fiesta, estar con mis amigos, tomar, fumar marihuana, etcétera. Por un tiempo, a pesar de tener buenas notas, estaba lejos de mis sueños. No era próspera, pero sí bastante popular. Cuando aprendí que podía hacer todo si me organizaba mejor, empecé a ser más feliz porque, en serio, es una locura, pero hacer lo que amas se convierte en la mejor motivación de tu vida.

Dejé de ser adicta a los placeres casuales, que me mataban cada día. Empecé a ser adicta a mis metas, a cuidar de mí y a no fumar risas pasajeras para ocultar mis temores.

MUCHOS PREFIEREN QUEDARSE donde mueren antes de apostárselas y confiar. Sólo LA CONFIANZA EN SÍ MISMOS los acercará a LAS MEJORES AVENTURAS DE SUS VIDAS.

Día 5

Día 6

SI TIENES QUE OLVIDAR EN EL BAR, pues ve y olvida en el sexto trago. Si tienes que olvidar con tus amigos anda y fastídialos con tus problemas, porque si son buenos amigos, te escucharán.

SI TOMASTE LA DECISIÓN EQUIVOCADA y estás estudiando algo que detestas o estás casada por error, o en una empresa que te agobia, o te gusta alguien más… ¡Vale, está difícil! Pero así es la vida, no se va a acabar porque pongas stop y tomes la decisión que te lleve a la felicidad.

Supongo que ES JODIDO lo de LA FUERZA DE VOLUNTAD y se hace costumbre QUEDARTE DONDE TE PISAN cargado de autoengaño y falsa resignación.

Día 7

Día 8

Que te duela
lo que te tenga que doler
hasta que aceptes
tu propia compañía.

lo que muchas tienen que decir y no se atreven

Me voy de la estabilidad que me proporcionas, al ser mi sustento, para demostrarte que soy capaz, aunque me hayas hecho creer que no.

Me voy de la inseguridad de sentirme satisfecha
...aber que soy "la legal"; la que mantienes en
...o una muñeca de porcelana destinada
...ue me estoy secando y no te puedo
...esponsabilidad por aceptar lo
...amor.

LEE ESTA PÁGINA cuando estés destrozado, CUANDO QUIERAS EMPEZAR DE NUEVO y no sepas cómo. Cuando la única persona que necesites sea la que te rompió. LÉEME CUANDO TE DE IGUAL LA VIDA, cuando requieras estar solo, aunque, al mismo tiempo, sea eso lo que más te duela.

Día 9

Día 10

No debería decirte que puedes,
pero aquí estoy diciéndote,
con todas mis ganas,
que sí puedes.

Es diez de noviembre, son las once de la noche y mucho de lo que te hacía feliz no está a tu lado. Quizás perdiste a alguien que nunca va a regresar, o la vida te golpeó tan duro que te sientes vulnerable, cansado, sin salida. No soy nadie para decirte que sí, que saldrás de ésta. Porque no conozco tu situación y lo único que tengo es la certeza de que estoy contigo en una noche que llena de hielo tu corazón. Mira… los inicios son buenos porque te incitan a perdonar a los que te lastimaron y sobre todo, a perdonarte a ti mismo. Perdonarte para que puedas seguir, para que de verdad lo hagas y no pongas en pausa tu vida por una decepción.

Me gustaría decirte que lo hagas por ti, no por mí ni por personas externas a quienes quieras demostrarle algo. Si no consigues la llama que te hace existir con una sonrisa, estarás igual de vacío cada día. La búsqueda es parte de este universo y pueden nacer preciosidades del barro, de manera que no es excusa lo sucia que pueda estar tu alma.

Cuando aprendes que SER DIFERENTE ESTÁ BIEN, da igual lo mal que hablen de ti, porque SI SON CRÍTICAS positivas, LAS ACEPTAS y si son destructivas, ni siquiera llegan a lastimarte.

Día 11

Día 12

aspectos positivos	aspectos negativos
¿cómo fortalecer mis virtudes?	¿cómo compensar mis defectos?

MIS VIRTUDES

* Honestidad
* Constancia
* Justicia
* Creatividad
* Escritura
* Oratoria
* Amabilidad

MIS DEFECTOS

* No funciono en las mañanas
* Impaciencia
* Malcriadez
* Impuntualidad
* No controlo mis palabras
* Cuando me fallan me alejo

Para mejorar, estoy tratando de pensar las cosas antes de hablar, salir una hora antes para llegar a tiempo. He aprendido a ser paciente gracias a mis libros, de la malcriadez no he mejorado mucho. La impulsividad la estoy manejando a través de la paciencia y sobre lo que más estoy trabajando es en decir lo que me molesta en lugar de alejarme. (Me cuesta muchísimo, pero me gustan los retos).

ME SIENTO FELIZ de no depender de alguien para SENTIRME BIEN y de aprender a dejar ir para NO VIVIR de las sobras de otra persona.

Día 13

Día 14

Luego de mi primer desamor, entendí que fue sumamente difícil superarlo, pero que las estrellas seguían ahí, que el cielo no se hizo trizas, ni se acabó el mundo. Tenía insomnio y lloraba (es cierto), hasta que dije: "pero si siempre tienes insomnio, cómete un pote de helado y deja la lloradera". Era mi primer amor, mi mamá me consolaba y dormía conmigo para que se me pasara pero yo, seguía con aquel drama. Después, comprendí que todo pasa, que era mejor estar sola que vivir con esa inseguridad perpetua de si me iba a engañar con alguien más. Me di cuenta de que esa inseguridad, nunca había sido mía, y me sentí feliz de no tener ese peso encima, de no seguir contaminándome con tantos celos.

NOTA: Si estás pasando por un despecho, cómete un pote de helado, métete debajo de las sábanas, pídele mucho amor a tu mamá o a tu papá, o a tus amigas, pero por favor, no lo tomes por costumbre, eso sólo te llevaría a engordar mucho y perder el tiempo que podría servirte para ser productiva (o).

NO ES MALO tener heridas, lo que sí supone UN PROBLEMA es ser incapaz de curarlas.

Día 15

Día 16

Dicen que CAMBIO VIDAS, tal vez sea cierto, pero no soy tan fuerte como parezco. Me hago preguntas que no puedo contestar. Voy luchando por alcanzar un sueño y todavía no sé con certeza si seré capaz de lograrlo. Dejo de pensar en eso, cae la tarde, trabajo, busco mis metas, vuelvo a intentarlo, me tomo un café, fracaso, me caigo, vuelvo a intentarlo, vuelvo a fracasar, vuelvo a probar.

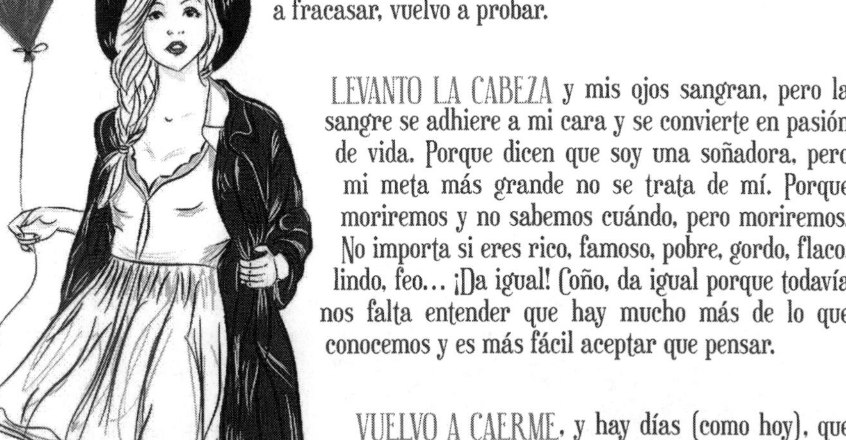

LEVANTO LA CABEZA y mis ojos sangran, pero la sangre se adhiere a mi cara y se convierte en pasión de vida. Porque dicen que soy una soñadora, pero mi meta más grande no se trata de mí. Porque moriremos y no sabemos cuándo, pero moriremos. No importa si eres rico, famoso, pobre, gordo, flaco, lindo, feo... ¡Da igual! Coño, da igual porque todavía nos falta entender que hay mucho más de lo que conocemos y es más fácil aceptar que pensar.

VUELVO A CAERME, y hay días (como hoy), que veo muy lejos mi meta y entonces, sé que el sueño es grandísimo y que no puedo, ni quiero tirar la toalla.

HISTORIAS CRUZADAS

Hoy, recibí el mensaje de una chica que quiere quitarse la vida. No soy psicóloga, pero siento amor por ustedes. Tal vez otra persona esté pasando por lo mismo y quiero regalarles un poema, es tonto (dirán algunos), pero yo siento que las letras pueden hacer cosas grandiosas.

Hay días terribles, el mundo se vuelve negro,
no hay estrellas que nos guíen, pero sí un hoyo en el corazón.
El silencio rompe, la compañía mata,
y no hay solución palpable, que pueda barrer el dolor.

Las palabras, como las sonrisas, no son de quien las escribe,
sino de quien las hace suyas.
Cuando te escondes, alguien te busca, y cuando lloras,
nacen poemas que se convierten en las sonrisas que te faltan.

Si te cansaste de respirar, déjame ayudarte a que vuelvas a hacerlo, con respiración boca a boca, con los motivos que perdiste, con un poco de luz… porque, aunque apagaste tus ojos, siguen siendo luciérnagas, y sigo queriéndote, aunque tú, ya no te quieras más.

Atentamente, Nacarid Portal Arráez.

*Porque será más fácil renunciar,
pero cuando sigues intentándolo
marcas la diferencia.*

ES UN BUEN DÍA PARA: SER RESPONSABLES, dejar de huir de la soledad y llenar nuestros huecos en vez de culpar a otros de haberlos creados.

Día 17

Día 18

Hay gente a la que le va bien, hay otros que aceptaron lo que tienen. La vida se basa en nuestras acciones, lo que decimos que haremos y nunca hacemos, lo que visualizamos y trabajamos para llevar a la práctica.

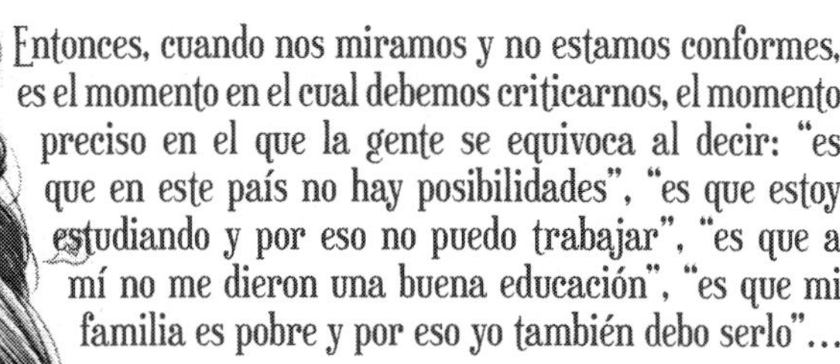

Entonces, cuando nos miramos y no estamos conformes, es el momento en el cual debemos criticarnos, el momento preciso en el que la gente se equivoca al decir: "es que en este país no hay posibilidades", "es que estoy estudiando y por eso no puedo trabajar", "es que a mí no me dieron una buena educación", "es que mi familia es pobre y por eso yo también debo serlo"...

Son queísmos asquerosos, que nos aplastan, que nos condenan a lo que no queremos ser pero somos. ¿Por qué me incluyo? No crean que todo fue perfecto desde el comienzo, no fue así, tuve que fallar y analizar mis fallas para llegar a conseguir lo que tengo hoy.

Siempre podemos exigirnos más

Página destinada a CERRAR CICLOS

TE TARDASTE DEMASIADO, yo te esperé. Juro que ESPERÉ LO SUFICIENTE, fui paciente y comprendí que "TUS PROCESOS" merecían su tiempo. Lo siento, la despedida llegó sin avisar y yo he decidido que no quiero una bienvenida si tiene que ver con tu nombre. No lo tomes a mal, TE SIGO QUERIENDO, pero ya no te echo de menos. Ahora que puedes, ahora que quieres, necesito decirte que hace poco, DECIDÍ EMPEZAR SIN TI.

Día 19

Día 20

Olvídate de tu nombre recorriendo mi mente.
Olvídate del mes de septiembre, de tus manos entre las mías
y de las veces en las cuales pospuse el adiós.

Olvídate de la poca fuerza de voluntad,
y de las llamadas nocturnas
en las que perdí mi dignidad
para alimentar el ego de la persona que eres.

Te regalo mis ojos,
los abrí para conseguirme con la estupidez constante
y con la persona que tanto adoré.

Los abrí para ver tus detalles,
para encender el fuego entre nosotros
y derramar las cenizas poco después.

Para decirte al oído lo que tanto dudé:
que contigo, no quiero volver otra vez.

página destinada al amor de tu vida:

Día 21

Día 22

De repente entiendes que la persona que amas no necesita estar a tu lado, que la quieres, aunque esté viva o muerta. Aunque despierte contigo, o con alguien más. Quieres dedicarle unas páginas, pero el amor, no cabe en un libro, porque es más grande que tú y que yo, es la energía que creó este mundo y es la respuesta a la pregunta que nadie hace.

El amor es una caricia al alma. Es un tentar al futuro porque no quieres presente sino es con esa persona. Pero, el amor también es aceptación, es despedida, es saber que lo que sientes es más fuerte que tu ego, y que no puedes lastimar porque no esté contigo, porque necesite irse o porque, simplemente, haya dejado de amarte.

Es difícil entenderlo, por eso lo pongo en mis libros y lo tengo presente todo el tiempo: confundimos cualquier emoción, con el amor. Estar enamorado no es que te den buen sexo (aunque es importante), estar enamorado va más allá, es hacer el amor con una mirada, es extasiarte con sus pensamientos, es no tener ni puta idea de por qué te sientes de esa forma, pero desearle lo mejor a esa persona y hasta llegar al punto de dar tu vida por hacerla feliz.

Porque la distancia es sólo un problema circunstancial, pero el amor es la solución a todos los problemas.

Página destinada a servirte como SEÑAL

BUSCAMOS PISTAS en cualquier lado. UN MOTIVO que nos levante la moral después de un mal día, un mal año o una mala vida. Buscamos pistas PARA NO SENTIRNOS SOLOS, y de pronto una simple IMAGEN se convierte en UN TALISMÁN.

Día 23

Día 24

No sé si será cierta la leyenda del trébol de cuatro hojas, sé que, si buscas una pequeña señal para no rendirte, puedo convertirme en esa pista, es ese asidero mágico que logrará que sigas allí. Que te levantes cada mañana y le regales al mundo tu sonrisa. Que no te dejes pisotear por nadie ni vivas de tus lágrimas por no desprenderte del dolor. Seré una señal si a través de mí encuentras tus alas y vuelas hacia la misión por la cual fuiste creada. En vez de malgastar tu tiempo donde no eres feliz.

Soy una señal y te pido que te regales otra oportunidad, porque tal vez no soy tan guapa como un trébol, pero sí que creo en ti.

Página dedicada a los que HAN SUFRIDO,
igual o más de lo que HE SUFRIDO YO

Caí hasta el fondo por no aceptar EL OLVIDO.
Caí hasta podrirme en mi propia lástima,
por no tener LA CAPACIDAD de responsabilizarme.

NO IMPORTA lo que haya pasado.
No importa LA ADICCIÓN,
ni los ojos mirándome en MIS SUEÑOS,
JUZGÁNDOME una y otra vez.

Día 25

Pesadillas, cigarrillos, depresión, resentimiento... Ya no importa lo que tuve que pasar para darme cuenta de que no nací para ser una cobarde y que tenía que salir adelante. Viví culpándome por la muerte de mi madre, porque eran las tres de la mañana y sus gritos colapsaron mi mundo, porque no tuve la capacidad de salvarla, porque nunca pensé que se trataba de un infarto fulminante y la ambulancia no llegó a tiempo. Fue mi culpa millones de veces, y el baño se hizo pequeño para todas mis lágrimas.

El mismo recuerdo una y otra vez... respiración boca a boca, segundo tras segundo, y sus ojos apagados. Intenté que reviviera, pero no pude hacerlo y pasé los siguientes meses sumergida en un profundo dolor. Nadie me culpaba, sólo yo, y eso era peor a que me hubiesen gritado "asesina". Decidí resurgir del dolor después de ahogarme en él, escribiendo, porque lo siento, lo sentí o ustedes lo sintieron y yo pude sentirlos. La vida nos pone pruebas difíciles y necesitamos vernos en el espejo de la honestidad y hacer algo, para no seguir hundiéndonos en la desidia.

Todavía creo que EL AMOR ES LA FUERZA MÁS HERMOSA DE LA VIDA y que depende de nosotros el cambio del mañana.

Día 26

Cuando sientes amor por alguien, no hay distancia que pueda separarlos, y de pronto, el cielo no está tan lejos de la tierra.

Día 27

Todavía extraño a mi madre,
incluso, suelo despertarme buscándola entre las almohadas.
Todavía creo en la gente que me ha fallado.
Todavía considero que los sueños son las partículas
que dan sentido a nuestra vida
y que depende de nosotros alcanzarlos.

Todavía soy adicta a ciertas cosas,
como el café por la mañana o dormir un poco más.
Todavía me gustaría retroceder el tiempo
para abrazar de nuevo a mis padres.

Todavía me deprimo con la lluvia
y transito entre libros que me hacen pisar tierra,
acogerme en la mugre y luego enseñarme que puedo limpiarme

Todavía mi autor favorito es Herman Hesse,
y me da miedo la oscuridad.
Todavía pienso que las metas valen más que el dinero,
que casa no es lo mismo que hogar
y que amor sin respeto es sólo mala compañía.
Todavía tengo muchos errores, y muchísimo por aprender.

Todavía te escribo porque te considero parte de mi vida y de mi misión.

UNA VERDADERA PROPUESTA DE AMOR tiene que ser sincera, y NO DEBERÍA CADUCAR.

Día 28

Día 29

TE PROPONGO CONVERTIRME en ganas cuando las tuyas te falten. Te propongo saltarme la rutina y no ser esclavos del amor por estabilidad. Te propongo llenarte de besos cada día. Te propongo apoyarte en tus sueños y nunca romper tu ánimo diciéndote que no puedes, sólo para tener toda tu atención.

TE PROPONGO COMBATIR tus dudas convirtiéndome en seguridad, porque hay pactos que no se rompen, y mi felicidad no es felicidad sin tu sonrisa.

Porque contigo las horas dejan de ser horas y los segundos se traducen en amor…

Te propongo HACERTE FELIZ y curar tus lágrimas.

Día 30

RECORDATORIO: Ten paciencia. Habrán meses buenos, como otros no tanto. Habrán días de días, y domingos de mierda. Pero mira, con estrategia conseguirás lo que buscas. No envidies a los que tienen más que tú, porque no se trata de cantidad sino de valoración.

Si te parece que no has actuado bien, o no te sientes conforme con lo que tienes, haz algo al respecto, pero no te llenes de envidia.

Porque LA VERDADERA FELICIDAD está EN el verbo "DAR" no en "tener". Este mensaje es para ti, tanto como para mí. Todos necesitamos pisar tierra. Abrir los ojos ante lo positivo, tener paciencia ante las dificultades, y continuar nuestro recorrido sin cargarnos de rencor; orgullo, ira, y odio. Soltar significa conocerte, y ya, en este punto, es tiempo de que me regales una sonrisa, te olvides de lo negativo, te concentres en tu café y pienses que el destino necesitaba que leyeras esto.

Él es "Juan Pablo" y lo encontrarás EN MI NUEVA SAGA "500 veces tu nombre"

El tiempo NO es de gran importancia...

Diciembre de despedir el pasado

...lo relevante es lo que hagas con él

LA VENTAJA DEL FACTOR TIEMPO es que sirve para ayudarnos a visualizar si lo que hicimos funcionó. Esa es la razón por la cual, al final del año, la gente realiza una lista con sus objetivos.

No te pediré que hagas la misma lista, ni te hablaré de tus metas. ERES TÚ quien debería encargarse de tu vida. Este diario nos ha acompañado a ambos, pero el siguiente ejercicio es interno:

PREGÚNTATE si lograste lo que te impusiste. Si no fue así, trata de analizar tu año.

¿Qué hiciste?

¿En qué te equivocaste?

¿Tienes éxito, qué hiciste para merecerlo?

¿Superaste tus errores?

¿Estás orgulloso de ti?

El año continúa, aunque se está acabando, y luego… vendrá otra oportunidad para que reacciones.

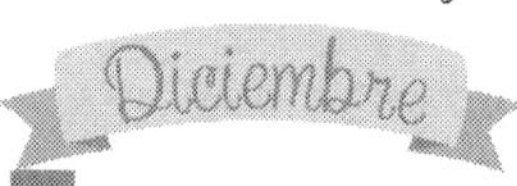

Diciembre

NO TE FIJES en todas las ocasiones o formas en las que has ayudado a otros, HAZLO INCONDICIONALMENTE, nunca por una recompensa.

Día 1

9 puntos que te dirán si eres un egoísta:

1. En tu vida has pisado una casa hogar, una casa de abuelos, o una comunidad de bajos recursos para ayudar con tus talentos y hacer actividades. (No cuenta las veces que te llevó tu escuela o universidad).

2. Cuando te han pedido dinero prestado has dicho: "Qué trabaje, yo me lo gano, no como él, no se lo merece".

3. Cuando has prestado dinero, te has pasado el rato sacándoselo en cara y alardeando con otros de que ayudaste a alguien más.

4. Has preferido esconder la comida o golosinas sólo para no compartir.

5. Te has quedado con cosas que no necesitas por apego, sabiendo que otras personas podrían necesitarlas.

6. Subes la ventana de tu coche cuando ves a alguien pidiendo dinero, y si estás caminando, sigues de largo, y en tu vida has ayudado ni con una moneda.

7. Prefieres tus planes sobre cualquier cosa y aunque tienes dinero, prefieres vivir de tus padres en vez de colaborarles de alguna manera.

8. Has visto una persona embarazada o a una persona mayor, y no has cedido tu asiento en el metro o bus.

9. Has visto a alguien en la calle pidiendo comida y tú has tenido de sobra, pero no has sido capaz de ofrecerla.

El dinero no llena el corazón, pero las buenas acciones sí

EL AMOR COMPARTE, las parejas que dividen los gastos y esconden el dinero, y las familias que dividen la comida de la nevera, no han comprendido que la energía de compartir es la que ATRAE LA PROSPERIDAD y que cuando eres mezquino, vives de las carencias.

Día 2

Día 3

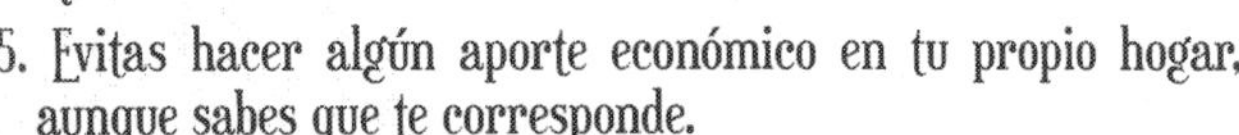

1. Niegas la comida.
2. Recalcas las deficiencias de los que te rodean, en vez de apoyarlos.
3. Te manejas a través de los gritos.
4. Evitas apoyar con los quehaceres.
5. Evitas hacer algún aporte económico en tu propio hogar, aunque sabes que te corresponde.

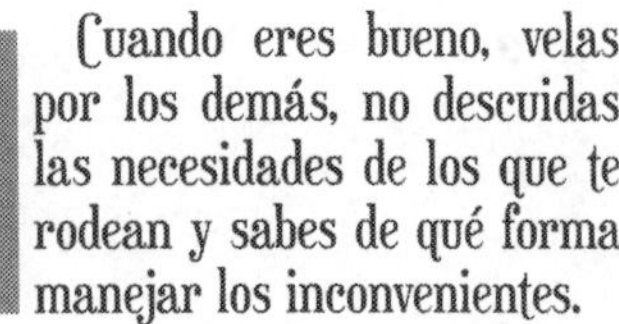

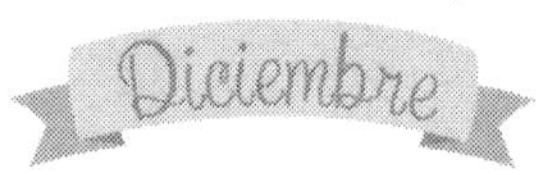

ERES TALENTOSO, de eso no hay duda, pero EVITA QUE TU EGO te haga pensar que por tener ese talento puedes humillar a los demás.

Día 4

Aprende de tus errores, porque el ego tarde o temprano va a consumirte.

Día 5

TIENES que mejorar si:

1. Criticas a otros a sus espaldas.
2. No escuchas a los que piensan distinto a ti.
3. Te cuesta asumir la culpa.
4. Eres incapaz de trabajar en equipo.
5. Nunca es suficiente, siempre quieres más.
6. Te crees superior a otros.
7. Humillas a los que no poseen tus capacidades.
8. Jamás pides disculpas.

LA VIDA está llena de pruebas y la honestidad ES FUNDAMENTAL.

Día 6

Día 7

Podemos ser tramposos, ir por la vida lastimando a los que nos lastiman. Tomar la justicia por nuestra cuenta y vengarnos... ¿ASÍ SEREMOS MEJORES? La mejor venganza es pasar la página, quedar libres de odios, agarrar un bolso con sueños y seguir adelante. Hay karma, la gente que hace daño vive contaminada, pero si caemos en su juego, no tardará mucho para que también nos infectemos.

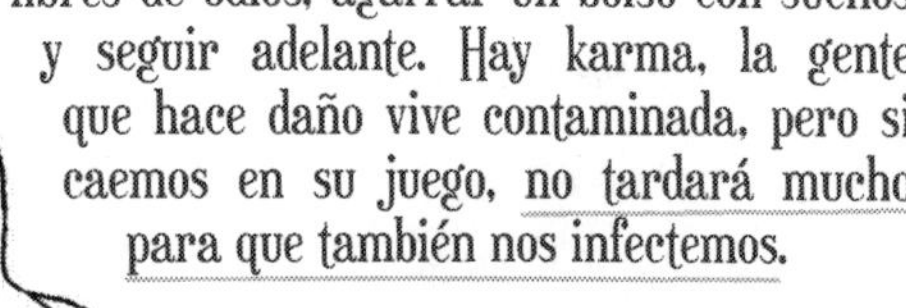

SI TE HAN GOLPEADO EL ALMA y se te ha ido la respiración, pero sigues vivo para leer esto, es importante que te desprendas, que no te llenes de ira y que no te lastimes a ti mismo.

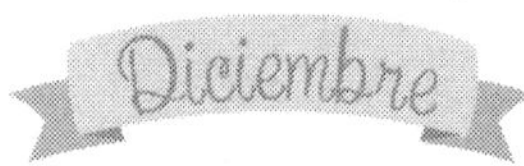

LA IRA ROMPE NUESTRA ESENCIA, aunque pensemos que estamos dañando a otros o que se siente bien explotar, A LOS ÚNICOS QUE AFECTAMOS con nuestro malhumor ES A NOSOTROS MISMOS.

Día 8

Cuando descubres en qué estás fallando, estás más cerca de encontrar la solución.

Día 9

1. Te molestas por pequeñeces.

2. Te hace feliz agredir con tus palabras y hasta con golpes, a los que te causan molestia.

3. Rompes objetos cuando algo te hace enojar.

4. Tienes sentimientos de odio cuando estás enfadada y puedes llegar a desear la muerte o a maldecir.

5. Si alguien te lastima, planificas tu venganza y no descansas hasta que pague por lo que te hizo.

6. Frecuentemente tienes problemas en casa, con tu pareja, en la escuela, en el trabajo y con tus amigos.

7. Agredes compulsivamente y puedes hacer daño físicamente, porque pierdes el control de ti en medio de una discusión.

IMPORTANTE: Si cumples al menos 3 de los 7 puntos, sufres de ataques de ira y es prudente que te controles.

SOMOS IMPERFECTOS, y eso NOS HACE ESPECIALES, lo importante es esforzarnos en FORTALECER nuestros puntos débiles en vez de ignorarlos.

Día 10

Día 11

PEQUEÑOS CONSEJOS para controlar la ira:

1. Haz ejercicio.
2. Drena a través de la escritura o la pintura.
3. Escucha música y baila como loco cada vez que sientas que vas a explotar.
4. Sube a la montaña o corre y cuando llegues a la meta grita con todas tus fuerzas.
5. Medita o si no te gusta, respira lentamente por el diafragma.
6. Conéctate contigo, tomate diez minutos al día, cierra tus ojos y concéntrate sólo en existir.
7. Piensa dos veces antes de golpear, o compra una pera de boxeo y descarga tu ira sin agredir a alguien más.

NOTA: Aclaro, no es que sufro de ira. Más bien, creo que sufro de excesiva felicidad, pero si me pasara, haría lo antes mencionado y buscaría saber cuál es la razón interna que hace que esté tan enfadada con la vida.

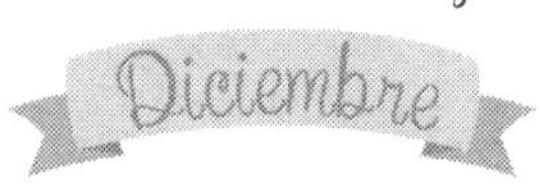

Pasa que EL AMOR DE TU VIDA no es quien hace todo igual que tú. ES QUIEN TE ENSEÑA QUE COMENTES ERRORES y que eres capaz de ser mejor.

Día 12

Día 13

ESTA PÁGINA es para que se le dediques AL AMOR DE TU VIDA

Que te quiero y estar contigo es palpar la felicidad, es tener un motivo para ser feliz a cada instante. Es descubrir que el amor se encarga de sobrepasar los obstáculos, de alzar el vuelo, de ir creciendo.

Pasa que tu sonrisa me quita el malhumor, y la calma que transmites tranquiliza mi espíritu. Porque sé que puedo ser difícil, pero tú te has encargado de bajar mis niveles de dificultad sólo con mirarme.

Porque te quiero y no sólo porque acompañas mis días.

Porque eres calma y yo, sobredosis de energía.

Porque somos tan diferentes, que ni siquiera sé, que fue lo que te gustó de mí.

Porque mientras tú tomas agua, yo prefiero una botella de vino.

Cuando quieres entrenar, yo quiero una hamburguesa.

Cuando quieres ir más despacio, yo tengo exceso de energía.

Da igual, porque, aún así, me enseñas.

LA DISTANCIA es un espejismo cuando HAY AMOR.

Día 14

No necesito que llenes mis espacios, me enamoré de mis vacíos y ellos... se enamoraron de ti.

Día 15

Cuando quieres a alguien da igual que no esté contigo físicamente, que no puedas besarlo, abrazarlo, o dormir a su lado. El amor no se borra con los kilómetros de distancia, y cuando es verdadero supera fronteras (incluso las más difíciles, las que están entre la vida y la muerte). Algo te dice, que no se va, que no te abandona, que nunca dejarás de quererlo porque viva en otro país, o en una estrella.

EL AMOR HACE QUE VIBREMOS más fuerte, que sintamos que hay algo más allá de nosotros por lo que merece la pena despertarnos cada mañana.

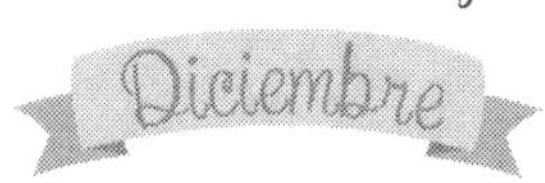

Porque EL AMOR ES MAGIA, y tú… ¡eres parte de ella!

Día 16

Día 17

HAY AMORES QUE TE VISITAN EN SUEÑOS, que se quedan contigo y te acarician el alma. No escoges el momento, tampoco escoges a quien amar, simplemente pasa y no hay nada que puedas hacer al respecto. El amor real se siente, y sin que te des cuenta, vive contigo, en tu alma. Tienes la certeza de que, aunque esté en el cielo, no te abandona. Sabes que, aunque haya terminado una relación, seguirás queriéndole porque forma parte de ti.

Porque EL AMOR no se trata de multiplicar "para siempres", se trata de fabricarlos inconscientemente, sin forzarlos… pero una vez que ocurre, te cambia la vida y nunca vuelves a ser el mismo.

Hay días en los que sólo necesitas a TU MEJOR AMIGA (O).

Día 18

Día 19

CARTA a mi mejor amiga

Siempre serás tú, aunque la distancia nos separe. Aunque tomemos otros rumbos, y no podamos vernos. Hay lazos irrompibles y el nuestro es uno de esos. Espero que lo recuerdes, porque representas para mí la palabra "familia", y eres lo que quiero no sólo para los viernes por la noche, sino también para los lunes o los domingos de no hacer nada.

HAY AMIGOS QUE SON NUESTROS CÓMPLICES, a los que defendemos, aunque no tengan la razón, y a los que les perdonamos lo que sea.

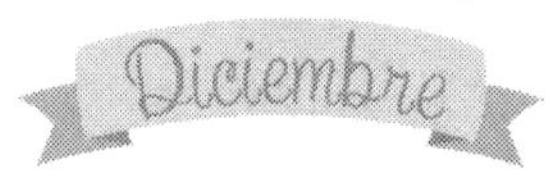

NUNCA ES TARDE para hacer las cosas bien.

Día 20

Día 21

¿Comenzamos de nuevo?

LÉEME cuando me extrañes, pero tu orgullo no te deja volver

Es fácil juzgar los errores, tanto así, que podemos perder el amor por creernos tan perfectos como para perdonar. Lo he arruinado, es cierto, pero también es verdad lo mucho que te amo. Aunque ahora mismo te centres en lo que hice mal, me gustaría que te fijaras en lo que me hizo hacerlo.

Mis referentes, mi pasado, las personas que ayudaron a lo que soy ahora. No me estoy excusando, sólo quiero decirte que me gustaría cambiar. Quiero estar contigo y te envío esta carta porque no deberíamos perder el amor por mi estupidez, por alejarme de lo que amo. De encerrarme en mí, por miedo a ser lastimado.

Tal vez no quieras, tal vez sea el adiós. Sin embargo, no quería irme sin decirte que me cambiaste la vida y que nunca es tarde para ser una mejor persona. Yo quiero hacerlo contigo y demostrarte que es posible ser la persona de la que te enamoraste y no el imbécil en el que me convertí.

FALLARLE a quien te dio la mano, es fallarte A TI MISMO.

Día 22

Día 23

Puedes decir que no te quiso cuando no eras nada, que no crecieron de la mano, pero será mentira. El orgullo mata las emociones, y la estupidez se encarga de que no revivan. Porque la verdadera amistad no tiene final se renueva y aprende, aunque el orgullo sea un martillo, y las malas influencias se conviertan en las típicas palabras: no te merece "aléjate", estupideces constantes que nos separan de lo que más amamos.

Separarte de lo que más te hizo feliz por el qué dirán, es demostrar que te falta carácter y personalidad. Si es tu caso, estoy feliz por tu ex amiga o pareja, se libró del problema de la falta de carácter y decisión.

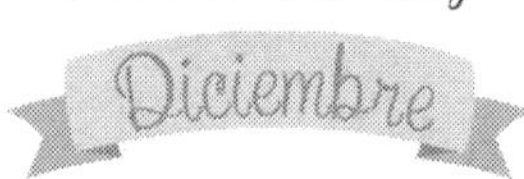

EL TIEMPO BARRE CUALQUIER HERIDA, nos enseña que pudo haber dolido mucho, que LAS EMOCIONES SON ESTRELLAS, y son motivos suficientes para aprender de cada adiós.

Día 24

Día 25

PARA: La chica de ojos tristes

Puedes sentir que no tienes talento para seguir adelante, aunque quiero decirte que eres una de las chicas más bonitas que conozco. Porque no necesito saberme de memoria tu piel, tampoco es necesario que seas mía. El tiempo va muy rápido y sé que tal vez, no llegaré a tocar tus labios, pero me basta con saber que tienes latidos en tu corazón. El solo hecho de que existas, es precioso, aunque mañana no me recuerdes. Aunque sea sólo una página de un viejo diario, y creas que soy escritor de sueños perdidos, busco tu sombra. Los sueños tristes del pasado construyeron lo que soy, decidí vivir del ahora y tú eres lo más bonito que poseo (aunque ni siquiera seas mía).

ATENTAMENTE,
el amor de todos tus futuros.

NO OLVIDES que hay ALGUIEN que TE QUIERE, y alguien al que quieres, aunque quiera a alguien más.

Día 26

Nunca es tarde para empezar otra vez, y mucho menos si se trata de tu felicidad.

Día 27

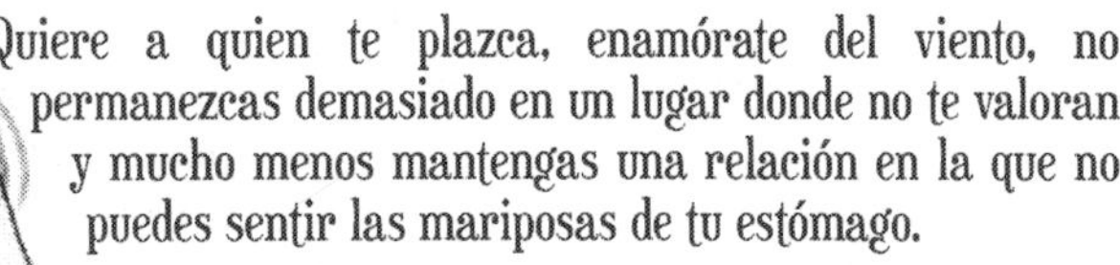

Quiere a quien te plazca, enamórate del viento, no permanezcas demasiado en un lugar donde no te valoran y mucho menos mantengas una relación en la que no puedes sentir las mariposas de tu estómago.

NOTA para cualquier persona (hombre o mujer): Ni todo el dinero del mundo comprará la felicidad que te da sentirte libre. Tampoco podrás estar contento pasando cada día de tu puta vida con alguien que te molesta, que no te agrada o que, aunque te cae bien, no es la que se roba tus pensamientos antes de irte a dormir.

Oye... no engañes a nadie porque, al final, cada quien tomará su camino y el único que será infeliz por las decisiones tomadas sobre su vida, eres tú. Si todavía estás a tiempo, haz algo, y si sientes que es muy tarde tengo algo que decirte: ¡BUENA SUERTE COBARDE!

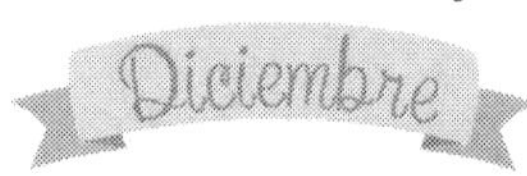

MÍRAME BIEN porque soy los ojos del mañana… te digo que volveremos a vernos, que TE ESPERA UN LINDO FUTURO, si empiezas a amarte a ti mismo.

Día 28

Día 29

Está bien si tomaste este diario y lo encerraste en seguida, poco importa si sigues mis pasos. Yo, igual que tú, soy sólo un fantasma que próximamente nadie podrá ver. Estoy por tiempo limitado, vivo para ver más allá de tus ojos, para enamorarme, para sentir lo más hermoso de estar vivo. Para ver por la ventana y encontrar un infinito, para recibir un mensaje y sonreír enormemente. Lo que tienes no te llena tanto como lo que otros te regalan.

Lo que coleccionas nunca será mejor que lo que das, y tus sonrisas jamás superarán a tus lágrimas. Ellas me dicen que has sufrido, que eres valiente, fuerte, grande, sobre todo, un jodido tonto que se equivocó mil veces, que lloró como un niño, y que sigue de pie porque así es la vida, y no le queda otra.

En el fondo está bien, eres jodidamente guapo. Me gusta que hayas aprendido que llorar no es sólo de niñas, y me gusta más que te hayas vuelto humano, humilde, especial. Por cierto, no necesito que me quieras, puedes odiarme si prefieres, pero yo, elegí amarte.

Lee esta carta cuando te preguntes por qué te quiero

1. Porque me enseñas que no hace falta tener para querer.
2. Porque me regalas conocimientos todos los días.
3. Porque me haces sentir especial.
4. Porque me brindas tu confianza y compartes conmigo tus ideas.
5. Porque cuando siento dudas de mí, tú me las aclaras sin haberte preguntado.
6. Porque estabilizaste partes de mí que ni siquiera imaginas.
7. Porque ocupas los "tres tiempos".
8. Porque eres y quiero que sigas siendo.
9. Porque no sé por qué te quiero, pero te quiero más de lo que debería.
10. Porque mi alma se enamoró de la tuya.
11. Porque a veces no es necesario una razón, pero tú las eres todas.
12. Porque cada día te necesito más, aunque sé que podría vivir sin ti.
13. Porque eres todo lo que no soy, pero al mismo tiempo, significas lo que deseo.
14. Porque tengo la confianza para decirte que te quiero, necesito decirte que te amo, y punto. Te amo y no hay motivo, no tengo que justificarlo, me pasa y no hay nada qué hacer.

"Te amo para toda la vida"; sin tanta decoración, y sin tanto parafraseo.

Chocan los planetas, se conocen cientos de personas cada día, y cada encuentro está predestinado.

EL AMOR ES UN ARTE, y yo siento que la poesía forma parte de la necesidad de expresar lo que no normalmente no entendemos.

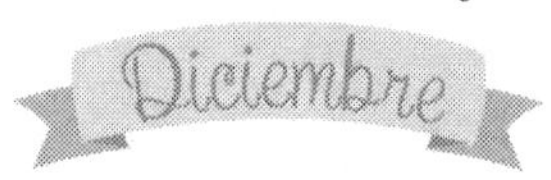

eres en lo que pienso cuando me preguntan sobre el amor

Día 30

Día 31

PARA: La chica de ojos tristes

Eres la persona más importante de mi vida, es increíble, y no es por razones obvias, sino porque tengo la certeza de que fuiste antes, eres hoy, y serás después. (Independientemente de las formas que hayamos sido, lograré encontrarte).

Eres mi cómplice, mi infinito, mi amiga, mi encuentro desprevenido, mi todo y mi nada, mi persona favorita, mi alma de otras vidas y de otros sueños. Te voy a encontrar, y cuando te abrace, descubrirás por qué -de cualquier modo-, terminaremos juntos. Sé que has sufrido, que perdiste la esperanza, que piensas que no estaré para ti. Te equivocas, porque cada vez que reencarnes, yo decidiré hacerlo también, y bajaré a buscarte porque no tengo otra opción, porque, aunque no te necesito, te quiero. Porque quiero ser las mariposas de tu estómago, de cada uno de tus días.

ATENTAMENTE, el amor de todos tus futuros.

Dicen que un año trae consigo cierres, yo digo que trae consigo bienvenidas.

¿QUÉ DICES TÚ?

Fin de año...

Fin de ciclo...

Fin de viejas costumbres...

Fin de la inestabilidad...

Fin de la desorganización...

Fin de la superficialidad...

Fin de rupturas...

Fin de miedos...

Fin de rencor...

Fin de envidia...

"A cada final, invéntale un comienzo"

Comienzo de metas, de liberación, de autoestima, de ganas, de superación...

Comienzo de ______________________________

Comienzo de ______________________________

Comienzo de ______________________________

Comienzo de ______________________________

Comienzo de ______________________________

Comienzo de ______________________________

Comienzo de ______________________________

Ella es "Verónica" y forma parte de MI NUEVA SAGA "500 veces tu nombre"

I AM NOT
A PRINCESS

ABRIL

Junio

Enero

MARZO

Febrero

ABRIL

MARZO

Mayo

Mayo
Junio

Octubre

Febrero

Enero

Julio Julio

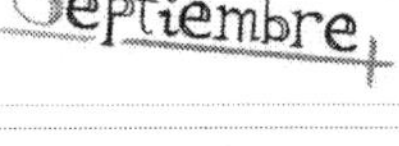

Agosto

Septiembre

Noviembre

Octubre

Nombre
Tlf

Nombre
Tlf

Nombre
Tlf

Nombre
Tlf

Nombre
Tlf

Nombre
Tlf

Nombre
Tlf

Nombre
Tlf

LLAMADA ENTRANTE

CHARLOTTE

No le contestes

X

Quiero decirte que muchas veces no tendrás ganas de nada, los planes se volverán polvo, el fracaso te pegará en la cara y las personas más cercanas estarán distantes (por no decir distintas). Lo que nos hace ser valientes es afrontar esos días, sin quedarnos encerrados en ellos.

Es muy fácil celebrar el éxito, y difícil mirar de frente al fracaso. Es sencillo amar a alguien y muy fuerte levantar la mano para decirle "Adiós, espero que tengas un buen viaje, aunque sea sin mí". Nos molesta el desprendimiento y es lo único que tenemos seguro.

Desde mi realidad te mostré una parte de mí con este diario. No soy Christopher, ni Aimé, ni ninguno de los personajes que he creado para ti. Soy Nacarid, y te escribo lo que dictan mis voces, ésas que ponen en mí palabras para que las analice y las escriba para ti.

No podemos y no debería estar permitido que seamos tan cobardes como para negarnos a volver a comenzar, y a exigirnos ser mejores personas. Para entender que, así como es sencillo gastar dinero, debería ser una regla valorarlo.

Así como nos sumergimos en lo banal, deberíamos -como exigencia propia- analizar lo "normal". Deberíamos pintarle el dedo a los que te dictan de qué forma actuar, pretendiendo hacer de ti una marioneta de los pensamientos impuestos que han hecho que el mundo esté tan dividido.

Deberíamos saber qué queremos y no parar hasta lograrlo. Deberíamos no ser idiotas, ni vacíos y explorar el universo que nos dice: "Tú eres el acontecimiento especial de este día". El problema, es que suele pesarnos caminar, y es difícil sobreponernos a situaciones adversas, ir de frente con tus ideales y ayudar a los que estén necesitándote.

Es muy fácil ser un imbécil, y más fácil aún acostumbrarte a que no eres importante. Estoy aquí para decirte que, sí, que eres alguien, que te necesitamos, y que eres la magia que tanto has buscado en el exterior.

El tiempo de los zombis consumistas debería terminar. El año 2018 te está llamando y tú decides si ser víctima de tu pasado o creador de tu presente. Decide si te quedarás para siempre atrapado en lo que no eres, o te arriesgarás por lo que quieres ser.

Es un gusto acompañar tus días, y aunque un ciclo ha terminado, no me voy a ningún lado. Sigo contigo, y mi café apenas se prepara. Me encontrarás por cada rincón, en Instagram, en tus insomnios, en tus lágrimas y en cada escrito que te haga sentir mejor. Estaré en youtube, contando las historias que no son mías, y aconsejándote en lo que pueda, pero siempre, aconsejándome a mí. Te lo dije al principio, te lo repito ahora, también yo te necesito. Gracias por estar.

Atentamente y con todo mi amor,

Nacarid Portal Arráez

81419131R00133

Made in the USA
Columbia, SC
21 November 2017